U0024403

醫拯天下

第二輯之6

起死回生

趙奪 著

目錄
CONTENTS

第一劑

超級病菌

「告訴我，這裏感染的病菌是什麼？」李傑冷冷地說道。

「我不知道！」麻醉師喪氣地說道。

「最後問你一次，知道還是不知道？你要想清楚了，如果你不說，不知道有多少人要死在這裏！」李傑繼續威脅道。

「我真的不知道，如果醫院能查出來，紅星醫院也不會倒閉了！現在所有醫生都走了，投資人也走了！」

他說到最後竟然哭了出來。如果這是表演的話，那也太逼真了點。動作表情或許可以演，

但是真實的感情是怎麼也不容易裝出來的。

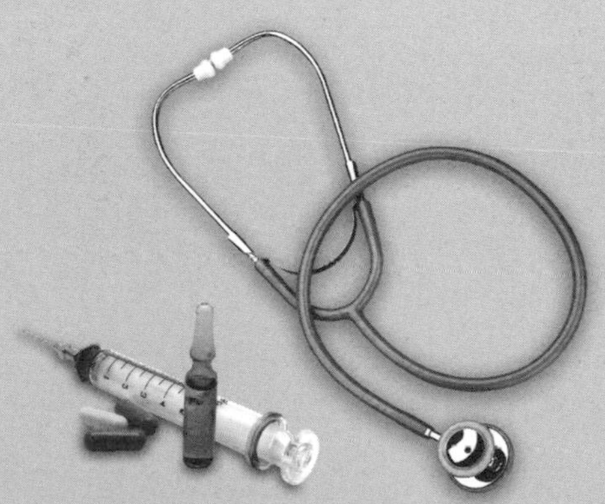

老張的妻子雖然手術成功，但此刻依然處於昏迷的狀態。老張一家人現在都搬到了醫院裏。這引得其他人也都學他們，即使他們沒有接受李傑的手術，也都跑到醫院裏來等著。

李傑和夏宇先去找到了老張。

「你妻子的感染，目前還找不到原因！」李傑輕輕地對老張說道。

「怎麼辦？」

「嗯，我正在對她嘗試用藥，現在的最大問題是，我們要找到致病源！」

「什麼意思？」

「你跟我說一下這個紅星醫院的故事！說說你妻子得病的前前後後，病因或許就在醫院這裏。」李傑說道。

紅星醫院在這一帶很有名氣，也很有實力。人們第一次認識這個醫院，還是因爲它的醫療費用便宜，同時醫生的醫術也不錯。現在紅星醫院出名，則是因爲這場鬧劇。

其實，紅星醫院的歷史並不長。這個醫院以前也不叫這個名字。它只是這個行業的小輩，甚至他的投資人都不是醫療行業的。

在這段時間，中國的醫療行業正在發生翻天覆地的改變，私立醫院制度的放鬆，讓大量的資金湧入。

一些名不見經傳的小醫院，突然之間配起了當時罕見的ＣＴ機、ＥＣＴ機、彩超、腎透析儀等等。在購買先進儀器的同時，也在招兵買馬，很多優秀的醫生爲了得到更高的待遇而轉投這些醫院。

醫院在一夜之間成了企業，他們首次嘗到了競爭的殘酷，首次要面對生死存亡的問題。紅星就是這個時候介入醫療市場的。根據老張的述說，他的後台老闆是一個有錢的外商，至於有多少錢，誰也不知道，反正這個瀕臨倒閉的小醫院被他買了下來。大量的資金讓醫院起死回生，同時老闆積極購買醫療器械，也在大醫院挖牆腳。在不到一年的短短時間裏，紅星成爲該地區首屈一指的醫院。

老張大體介紹了一下他所瞭解的紅星醫院，然後又接著惋惜地說：「他們本來是很好的醫院，收費便宜，態度友好！最重要的是治病很厲害，說是藥到病除也不爲過分！」

「可是又怎麼會發生這樣大的醫療事故呢？」夏宇驚道。

「這個，更詳細的情況我也不知道了。」老張無奈地說道。

「老張大哥你放心，我給你妻子吃藥了！」李傑說完又對夏宇說道，「走吧，跟我去看看！」

老張得到李傑的保證，也就放心了，李傑的神奇醫術他也見到了，妻子明明都不行了，

李傑卻只用那麼幾下就把她從鬼門關給拉了回來。

然而，他不知道的是，李傑這個時候卻正在爲他妻子的病發愁呢。

李傑可以肯定，病毒源肯定在醫院裏，可是醫院這麼大，去哪裏找呢？下水道？排風口？洗手間？對每一個科室進行地毯式的搜索？這顯然是不可能的。

現在抗生素只能抑制一小段時間，誰也不知道什麼時候患者的病情會惡化。再說，如果是地毯式的搜索，恐怕找到致病原因的時候，患者都已經死了。

紅星醫院化驗室裏。李傑帶著厚厚的口罩，正在檢驗患者的血液、身體組織的切片等。

「我這組患者的膿液分泌物以及血液檢查結果都出來了！還無法確定致病原因！更不能確定傳播途徑。」夏宇說道，他跟李傑一樣，在嚴密的防護下做著實驗。他說的結果跟李傑所想的差不多。很快，李傑這組的檢驗也完成了，也是沒有結果。

寄生蟲的傳播？李傑心想，可寄生蟲不可能傳播得這麼廣泛迅速。如果是病毒，卻又不可能讓患者病得這麼嚴重，而且症狀上也有太多無法解釋的疑問。

血液檢查、淋巴檢查、白血球、抗病毒藥物實驗也都檢查過了，從結果顯示來推斷都應該是細菌的感染。可是李傑無法查出這是什麼細菌。

如果說在醫院裏發生過大面積的感染，那又幾乎是無法想像的！任何醫院的防護措施都是很嚴格的，這裏是細菌病毒種類最多的地方，但卻又是各種細菌病毒數量最少的地方。

「去庫房拿碘伏，消毒水，還有酒精來！」李傑說道。假如醫院的防疫崩潰，那肯定是防疫藥品出了問題。

夏宇對於李傑的命令彷彿條件反射一般，他迅速離開。

醫院的碘伏、酒精以及消毒水等都在倉庫。他還是用李傑劈開手術室門的那把斧頭劈開了倉庫門。倉庫的物品不是很多，各種物品都貼有標籤，他很快就拿到了要找的。

當他拿著這些物品回去送檢的時候，卻看到一個患者在家屬的保護下向著他所在的方向走來。

患者的情況看上去並不嚴重。

「嘿，醫院已經沒有醫生，你們還是換醫院吧！」夏宇好心提醒道。

「換什麼換，我們的病就是這個醫院裏得的，就是要看病也要在這個醫院看！」患者家屬怒道。

夏宇本身就膽小，看到這幾個人兇惡的表情，也不敢再說什麼，快步地跑了回去。

當李傑打開酒精瓶蓋的時候，他就知道這個酒精不對勁，再一看其他的，碘伏與消毒水

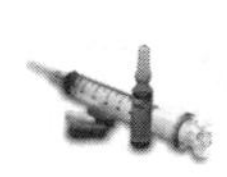

也都不對勁。很明顯，這些東西都有問題。

夏宇看著李傑的表情，就猜到了一些，然後也學著李傑的樣子去聞，可是他卻什麼感覺也沒有。

「它們被大量地稀釋了，要不然就是過期了！」

夏宇放下瓶子，嘟嘟噥噥地說道：「真是怪醫院，一個人也沒有，儘是過期失效的藥水。患者也奇怪，沒有醫生來。」

李傑一聽，趕緊問道：「這裏還有患者繼續進來？」

夏宇不知道李傑爲什麼這麼緊張，於是就把剛才他看到患者的事給說了出來。

現在紅星醫院看門的老大爺已經不見了。醫院裏一片混亂。那些因爲醫療事故而受傷的患者及其家屬幾乎占滿了醫院。

在他們的思想中，跑得了和尚跑不了廟。只要醫院在這裏，那些醫生早晚要出現！所以他們都搬到醫院來守候。

其實，李傑來這裏，然後老張一家接著住在醫院也算是一個原因。雖說他們是特殊情況，但其他人卻不管這麼多，他們只看到老張家住了進來，有了榜樣，所以也跟著來了。

「通知他們，快點離開，這裏不能住人，傳染原因還沒找到！」李傑對夏宇說完，兩個人便分頭行動。

同李傑一樣想法的還有其他人，就是那個幫李傑做手術的紅星醫院的醫生，那個麻醉師。他此刻正在勸說這些人離開，這也是他來這裏的目的。

醫院受到了污染，別人可能不知道，但他們紅星醫院的一些醫生卻是一清二楚，他就是知情人之一。

病房裏，患者的家屬扯著麻醉師的衣領，惡狠狠地說道：「你給我滾，我是不會離開這裏的！」

「這裏真的不能住人，我沒有騙你們！」

「滾！別讓我打你出去。」

當他走出病房，發現那個與他同台的主刀醫生竟然也在，他表情凝重，就是在手術台上也沒有看到他如此的表情。

「告訴我，這裏感染的病菌是什麼？」李傑冷冷地說道。

「我不知道！」麻醉師喪氣地說道。

「最後問你一次，知道還是不知道？你要想清楚了，如果你不說，不知道有多少人要死在這裏！」李傑繼續威脅道。

「我真的不知道，如果醫院能查出來，紅星醫院也不會倒閉了！現在所有醫生都走了，投資人也走了！」

他說到最後竟然哭了出來。如果這是表演的話，那也太逼真了點。動作表情或許可以演，但是真實的感情是怎麼也不容易裝出來的。

「好了，你的傷還沒有好，休息一下吧！」

待在醫院裏的人都瘋狂了，現在沒有人能讓這些人離開，他們鐵了心地想要在這裏跟醫院耗下去。

他們的目的就是，讓這個紅星醫院的老闆出現。城市裏流傳著這麼一個消息，說這個紅星的老闆是非常有錢的，只要找到他，他們就都會有賠償。

李傑找到夏宇時，他正垂頭喪氣地從病房裏走出來。不猜也知道，他肯定也失敗了，而且還被患者和家屬給趕了出來。

「對不起，我說服不了他們！」

「跟我來！」

「去哪裏？難道不用把他們趕走？」

「當然，我還要留下他們，放出消息，就說這裏的老闆要回來了，讓他們都來吧！」李傑邪邪地笑道。

李傑此刻已經有了一個計畫，紅星醫院的這個事故已經不能算是小事了，但是很奇怪，居然沒有官員知道這件事。

這是很明顯的，就是真相被片區的行政人員隱瞞了，沒有往上報，同時，媒體也被封上了嘴！在李傑看來，救這些人很簡單，根本不用什麼超人的醫術。

現在只需要幫官員們擦亮眼睛，讓媒體開口就行了，事故自然會有政府處理。

國際大酒店是D市唯一的五星級酒店。與其他更高檔的酒店相比，這裏各方面都還有差距，但它已經是D市最好的酒店了。安德魯雖然不滿意，但也別無選擇。

李傑卻沒有那麼多講究，他有一個地方住就行了，至於幾星的大酒店，他是無所謂的。對他來說，只要能睡覺，安靜就行。

李傑從醫院回來就一直在跟安德魯討論紅星醫院的事，本以爲熱心的安德魯肯定願意幫忙，誰知道他竟然對李傑說：「紅星醫院？關我什麼事？我們是來給你治病的，這種事報警就完了。沒有必要這麼麻煩！」

「醫院裏有一種超級細菌，目前還沒有發現，你不想看看？」李傑誘惑道，他覺得安德魯對於這個病菌肯定會有興趣。

安德魯果然動心，但僅僅是動心而已，他並沒有被誘惑。第一天到紅星醫院被追打的經歷他還記憶猶新。多年的社會經驗告訴他，這個紅星醫院不是表面那麼簡單，不是發現超級病菌，治好了患者的病就行的。

這裏面肯定有很多的黑幕，如果捲進去，肯定會很麻煩，很難全身而退。

李傑當然也不是傻瓜，對於安德魯的顧慮，他是能夠理解的。

紅星醫院的具體情況雖然不明，但是他已經能夠猜測到幾分真相。在他看來，這件事可以說還是張凱引發的，張凱主張開放，讓大門更多地向私立醫院打開，讓大量的資本流入醫療行業。

誰都知道，醫療行業賺錢。具體賺多少錢，只要看看國外就知道了。在一些發達國家，比如美國、英國、澳大利亞，國家的醫療支出佔據財政收入的百分之二十到三十左右。

這是一個巨大的市場，一塊大蛋糕，逐利的商人們當然不會放過機會。大量的資金湧入，私立醫院於是如雨後春筍般地紛紛建立起來。

紅星不過是這些醫院的一個縮影，其狀況也可以代表大量的私營醫院。它們價格低廉，服務態度很好，雄厚的資金能保證醫療設備先進。他們的老闆更適應商業圈的規則。高薪的誘惑又引來無數的知名醫生。

這些新入行的醫院就像是一針強心劑，讓這個死氣沉沉的行業猛然驚醒，恢復了動力。沒有人願意被淘汰，這是一個沒有硝煙的戰場，其中的激烈程度毫不亞於你死我活的搏鬥，激烈的競爭就此拉開帷幕。

老醫院也開始改革，購入醫療設備，返聘退休的名醫，提高服務品質。多年的積累在這個時候發揮了作用，這些醫院雖然資金不如那些外來者，經營的靈活程度也差了一點，但是在競爭上卻一點也不落下風。

但是他們卻打不倒紅星，因此，紅星今日的事端，在李傑看來，被人投放細菌的可能性更大一點，本身出現醫療事故的可能性則小一些，當然也不是沒有可能。也許是醫院的老闆不遵守規則，自己在研究什麼超級細菌。

李傑心想，不管這些超級細菌怎麼來的，拋開這些醫院之爭，目前最重要的還是找到一個解決方案，然後治癒這些患者。於是，他繼續勸說安德魯。

「安德魯，現在很多患者已經聚集在醫院了，我們必須管這件事！讓相關部門注意到這件事！你看我們再小小利用一下你的名聲如何？」

「我算服了你了。真是一個爛好人，到處管閒事！好吧，準備一下，明天下午我將要去見J省的醫學教育界人士，聽說很多領導都會去，包括省長！我就幫你一下罷。」

J省的省長是一個五十歲精力充沛的中年人，此次見安德魯也不過是走走形式，給人們留下一個優待科學工作者的印象。他很清楚安德魯這樣世界級別的科學家，無論給他什麼樣的待遇，也不可能留下他，這裏沒有那種能讓他們留下來的環境。

聽了又臭又長的各種講話和深切的關懷問候等等之後，李傑變得睡眼惺忪，不過，他心裏卻一直沒有完全放鬆。

「下面，有請我們最年輕的外科醫生、中華醫科研修院的博士李傑來爲我們講幾句！」

這是臨時的安排，李傑並不在這次的邀請範圍裏，他不過是跟著安德魯過來找省長報告情況。熱烈的掌聲響起，李傑發現自己沒有聽錯，所有的人都在看著自己，可是他一點準備也沒有。

李傑整了整衣衫，自信地向前走去。年輕的李傑引起在場人士的關注。

年輕的外科醫生風度翩翩，高貴而優雅的氣度讓人覺得是一個貴族。醫學是一個嚴謹的學科，能夠這麼年輕就拿到博士學位，定然有他的過人之處。

李傑的確有他的過人之處，很快，這些人覺得自己沒有判斷錯。李傑報告的是他的老本行——心臟病。

「心臟病的遺傳目前還沒有定論，但是大量的臨床經驗表明，在十九歲時，父母有心臟病史的人，血管內膜比正常人厚……」

李傑巡視了一下在場的人，然後目光緊緊鎖定在省長的身上，繼續說道：「心臟病不一定都很嚴重，有的時候，它也會潛伏，這樣的話，患者會表現爲臉色蒼白，關節腫大！」

安德魯皺了皺眉頭，李傑明顯在胡說，真不知道這個傢伙在搞什麼鬼。他想上去阻止李傑，可是在這麼多人的關注下，他又放棄了。

「其實不僅僅是心臟病，風濕病也可能遺傳，症狀表現爲關節疼痛並又腫又紅……」

安德魯這個遺傳系的專家已經在冒冷汗了，他研究了這麼多年的遺傳學，也沒有研究到這一步。很明顯，要麼是他不知道，要麼就是李傑在胡說。所謂遺傳根本沒有定論。

在場的人卻不這麼認爲，很多人已經在摸自己的手指，想看看是不是關節腫大，有人不自覺地活動膝蓋，體會關節是不是有痛感。

很多人都有這個毛病，看到病症就喜歡聯繫到自己身上，初涉醫學的人在這方面最嚴重。李傑看著下面這些人的表現，他感覺很是滿意。他所追求的就是這個效果。

很快，李傑就講完了。在最後，他又說了不少關於治療的方法。在場的不乏醫療界的知名人士，但他們要麼相信了李傑，要麼就是不知道應該如何反駁李傑。如何說話不負責，又能達到目的，這些都是李傑跟「黑嘴」學到的。只不過「黑嘴」用來害人，李傑用來幫人而已。

他的目的很快就達到了。李傑端著酒杯，準備潤潤自己發乾的喉嚨，身邊卻出現了一個癮君子般瘦弱的服務生。

「如果您有空，那位先生希望您過去一下！」

李傑向著服務生指的方向望去，正好看到臉色有些蒼白、儒雅穩重的省長大人。他也看到了李傑，正遙遙地舉著酒杯，向李傑敬酒。

李傑一飲而盡，放下酒杯，信步向著省長走過去。不出李傑所料，這個傢伙上鉤了。他所問的問題，就是關於他是否會有疾病遺傳的可能。

「這個還不能確定，恕我直言，我覺得你雖然看起來健康，但是肯定會有一些隱藏的疾病！檢查一下是最好的。」李傑關心地說道。

「是啊，我最近覺得工作力不從心。看來有必要檢查一下了，明天有時間麼？」

「當然，明天吧，我知道有一家紅星醫院，他們最新進口的一套設備，在D市算最好的了。」李傑試探道。

「好吧！明天上午十點，我會派人來接你！」

D市國際大酒店的套房裏，安德魯大發脾氣：「實在太可惡，怎麼能這麼做！我要去告訴省長，不能去紅星醫院那種地方。」

「那可不行。他不去，這些患者就危險了！」李傑坐在寬大的沙發裏，根本不在乎安德魯的怒火。

「他去了，我們就危險了。你能保證可以發現那個病菌麼？萬一他也感染了，病倒了，怎麼辦？萬一無法治療怎麼辦？」安德魯咆哮道。

「放心，放心！我不會讓他進醫院的，另外，我也會做好防疫工作。」

「不過，說起來，你是怎麼把他拐騙上船的？」

「別說得那麼難聽，我只不過說說而已。是他自己求我看病的。」李傑沒好氣地說道。接著他又說道，「其實很簡單，北方人幾乎都有風濕，這也是幾十年前的生活條件造成的！他的父母肯定有風濕。心臟病也是這樣，一個大家族基本都會有心臟病史。」

「這個省長大人，下過鄉，在條件艱苦的農村當過幾年官。我不信他沒風濕病。至於心臟病，是他自己的心理作用吧！可能他家裏真有心臟病的患者。」

「你真夠混蛋的，竟然欺騙患者，還嚇唬患者！」

「如果我不能把紅星醫院的所有患者都治好，才是真的混蛋！」李傑淡然說道。

紅星醫院突然多了一些患者，同時也多了一些醫生。附近的居民最近幾天被鬧事的人嚇壞了。這一大清早的，他們就發現醫院突然多了許多人，甚至有人覺得這些人都是鬼怪。一夜之間冒出來的患者都是李傑搞的。他放出消息說，這裏的老闆要回來了，想要獲得賠償的人自然都跑了過來。

至於這些醫生，李傑卻是不知道的。

這些人是上次的那個麻醉醫生叫來的。這位麻醉醫生叫韓磊，他無法眼睜睜地看著紅星醫院隕落，更無法看到這些不知情的患者病情越來越嚴重，於是，他聯絡了紅星醫院的所有醫生。

紅星醫院中還是有醫生和他一個想法，儘管人數很少，他們都團結了起來，想撐起這個醫院。其他的一些醫生則早就跑掉了，有一些甚至在其他醫院找到了工作。

早上十點，省長大人的車準時來到了國際大酒店的樓下。

「小李子啊。聽說你是本地人啊！畢業了吧，打算以後怎麼辦啊？」省長親切問道，李傑對於這個老頭給自己起的名號很是鬱悶，「小李子」三字聽起來，怎麼感覺像在叫慈禧太后的太監。

「我還不知道，準備找個工作呢！」李傑笑道。

「不用擔心，你這麼有才華，又這麼年輕，肯定前途無量！」

「您過獎了！」李傑謙虛道。

得到省長的嘉許，李傑並沒有什麼感覺，換作別人可能早已經欣喜若狂了。李傑當然也想要得到提拔，但他現在並不打算進入某個醫院，所以，這個省長提拔與不提拔都是一樣。

但是，省長卻不是這麼想的。他覺得李傑這是寵辱不驚，年紀輕輕就有這樣的氣度，讓他覺得李傑很是不凡。

國際大酒店距離紅星醫院不遠，兩人在車上聊了一會兒就到了。剛下車，李傑就發現醫院有些不一樣了，冷清的醫院竟然出現了醫生。

「患者挺多麼！」省長歎道。他工作很忙，又不喜歡搞特殊化，看到這麼多人，他挺鬱悶，時間可能要浪費在等待上了。

「是啊！」李傑汗顏道。

紅星醫院的檢查設備是不錯，但是沒有李傑說的那麼好，他是故意誇大的。當然，省長不懂行，他也不知道什麼好什麼不好。李傑帶領著他走進醫院。

現在，醫院的每個醫生都忙得焦頭爛額，但令李傑有些奇怪的是，醫院看上去運轉正常，一點都看不出亂的跡象，不知情的人，肯定會覺得這個醫院很正常。

「不用掛號麼？」省長問道。

掛號處根本沒有護士，因爲這裏的人，誰都知道沒有新的患者會來，所以就沒在這裏安排人。省長是不知道這個秘密的。

「沒事，跟我來吧！」李傑說著，繼續在前面帶路。

醫院秩序的恢復要超出李傑的想像，每個人都被安排在了最正確的崗位上，最大限度地在發揮他的能量。

韓磊此刻的表現證明，他不僅僅是一個優秀的麻醉師，同時還是一個很好的組織者、領導者。

李傑本以爲可以帶著省長直接去檢查，然後再告訴他關於這裏的事。當然，這也是他要的一個小小手段，他甚至已經準備好了告訴這位省長大人，他也感染了這裏的超級細菌。

每個人都一樣，只有涉及自身的利益事才會真正去關心。如果省長以爲自己感染了病毒，恐怕就會加倍關心這個醫院的命運了。

韓磊雖然是麻醉師，但在其他方面也不是一竅不通。醫院缺少人員，他也就臨時客串醫生。他們也都知道這樣下去也不是辦法，大家已經商量好了，白天在這裏照顧患者，晚上的時候一起去上訪。

他們雖然很努力，但是卻無法應付這麼多已經被感染的患者，而且這裏的患者很嚴重，目前還不知道是否會傳染別人，但是他們已經儘量隔離患者，並且出入都嚴格地消毒了。患者的家屬也都在服用抗生素，以防外一。

「哎！前面的兩個，你們站住！」韓磊喊道，醫院已經劃定了範圍，這兩個人沒有穿白大褂，肯定不是醫生，竟然亂跑。韓磊不禁有些惱怒。

「啊？是你，李傑醫生，你怎麼來這裏了？」韓磊看到李傑後，立刻轉變成一副驚訝的表情。

「是你啊，給你介紹一下。這位是我們的省長，我們的父母官！他來我們醫院檢查的！」李傑介紹道。

韓磊一聽，立刻感覺紅星醫院有救了。其實，李傑說的是省長來檢查身體，可是韓磊卻理解成了省長來檢查醫院的情況。

他以爲省長已經知道了紅星醫院的情況，於是跑到這位中年人面前哭訴道：「省長您來了就好了，我們醫院盼望您很久了！現在情況緊急，但是卻沒有人來管。這裏有幾十個患者的命運都要您來拯救啊！如果弄不好，恐怕全市人民都會受到威脅。」

省長有些不知所措，韓磊異常激動的表現讓他看不懂，接著，他聽到了這位年輕的麻醉師的傾述，才漸漸地明白。

紅星醫院的事情可以算是重大的事故，如果處理不好，這件事不知道會死多少人！他看了一眼李傑，已經明白了。

這個看起來老實憨厚的小夥子是有意引自己來這裏的。再一想想，自己是太在意自己的身體了，上當也是很正常的。同時，他也覺得自己小看了李傑，這個二十多歲的傢伙，的確不一般。

他沒有怪罪李傑，但是卻不喜歡這個人的自作聰明，如果他直接跟自己說明情況，作爲一省之長的他不會坐視不理的。

在他看來，眼前這個哭訴的麻醉師也是好樣的，在別人都走掉了的情況下，他依然堅守陣地，值得表揚。不過，這些都要以後再說，眼前最重要的是解決這個醫院的疫情問題。

「李傑，我的身體檢查就算了吧！紅星醫院的問題必須儘快地解決，我聽說你醫術很高明，這個問題就交給你解決，用最快的速度查出病源！另外，這位韓磊醫生對這個醫院很熟悉，他來幫助你！現在紅星醫院由政府代爲接管，李傑暫時代理院長，韓磊代理副院長負責協助！」

省長讓李傑代理院長是給他的一個機會，外加一個懲罰，懲罰他這個傢伙的自作聰明，給他一個機會是讓他展示才能，解決這個爛攤子的問題。如果他是真的有能力，就能解決這個難題，如果是小聰明，那就更要借機懲罰一下了。

「您放心，一周之內，我會控制住這裏的疫情！可是您也要對我全力的支持！」李傑笑道。

「你只需要治病就行了。」他知道李傑所說的是什麼。紅星醫院這麼大的事，肯定存在管理上的問題，可能市裏的領導裏都會有人被牽連。

李傑所擔心的就是他們這麼做，會觸犯到某些人的利益，如果省長不支持，那麼，他們幾乎沒有機會徹底找出病菌，治癒疾病。

現在病的不僅僅是這裏的患者，同時「病」的還有這個醫院，還有D市的醫療市場，都是「病入膏肓」，需要一劑猛藥來治療。

李傑送走省長以後，終於鬆了一口氣，他沒有想到竟然會由他來負責紅星醫院的問題。

對於管理醫院，他可是一點經驗沒有，在醫院裏，他從來都是喜歡與院長唱對台戲的。讓他當院長，簡直就是給他懲罰。不過醫院由他負責也好，或許他能充分利用醫院的資源，可以更快一點找出疾病的原因。

「我們接下來怎麼辦？」韓磊問道。

「讓本院長想想，先派人去L市的益生藥店接胡澈醫生過來，然後再召集醫生開會。是所有的醫生，包括目前不在醫院但是卻屬於醫院的醫生。這個會議不來，他們將會被醫院開除！本院長是不是很英明？」李傑輕鬆地微笑道。

「好的，李院長，你果然英明神武。」

韓磊聽到李傑玩笑般的話時，不知道怎麼，就不那麼擔心了。他不知道什麼時候開始，也跟那些患者一樣，有些迷信李傑了，覺得這個黑皮膚的年輕人可以化解一切疾病，也能化解一切問題，就如手術台上輕描淡寫間完成一切一樣。

此時此刻，李傑的玩笑，李傑所表現出的輕鬆與自信也感染了韓磊，他覺得李傑一定有辦法解決紅星的問題。

其實，真正的情況只有李傑知道，他即使沒有足夠的信心，也要撐下去。他是領軍人物，如果連他都沒有信心，如何能讓下面的人拚命？

他要保持一種近乎神話的狀態。他要做出一副樣子，就是沒有任何疾病能難倒他，沒有任何問題能難倒他。

只有這樣，下面的人才會有挑戰一切難題的膽量，才會有創造奇蹟的決心。

第二劑

一夕之間變院長

「他是超人麼？真是太快了！」一位檢驗的醫生小聲說道。

「聽說患者術後都很健康，幾乎沒有什麼損傷，不可思議，真是個厲害的傢伙！」另一個人附和道。

醫院裏燈火通明，幾乎所有的醫生都沒有下班，儘管疲勞不堪，但是沒有人抱怨。最累的手術人員還在繼續。手術是從上午開始的，現在已經凌晨兩點多，十一台手術完成了十台，目前是最後的一個。

手術室中的無影燈下，一位年輕的護士不知道是第幾次給主刀醫生擦汗了。她不知道這個年輕的院長為什麼這麼拚命。

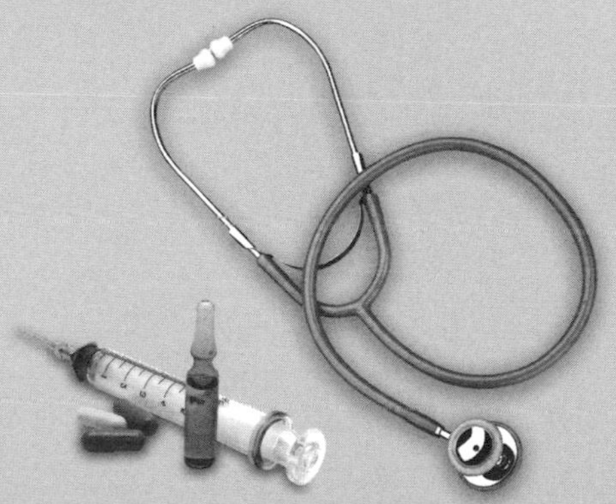

紅星醫院的醫生們突然發現，院長竟然變成了一個姓李的，他們怎麼也想不通。這個皮膚黝黑，喜歡把白大褂當風衣穿的傢伙怎麼可能做院長，要知道他僅僅二十歲啊！

紅星醫院超級豪華的會議室裏，坐著這麼一個有點土的院長，顯得格格不入。在一般人的想像中，院長應該西裝革履、肅穆莊嚴、博學睿智，像這樣穿著敞開的白大褂的院長的確少見。

但現在沒有人斤斤計較了。韓磊已經明確地告訴他們，這是省政府任命的。紅星醫院已經暫時被政府接管，李傑代理院長，而他韓磊則是副院長。

李傑冷眼望著這些紅星醫院的醫生們，在座的醫生不是很多，這個略顯空蕩的會議室告訴了李傑，他讓韓磊傳達的召集令效果不大。

超過一半的醫生沒有回歸，特別是那些略有名氣的醫生，以及紅星醫院高薪挖來的醫生。他們不僅僅醫術高明，社會經驗也足，他們不是這些在座的年輕毛頭小子可比的。很明顯，紅星完蛋了。當然，如果李傑沒有出現的話，情況就會是這樣。

護士回歸的則更少。這個醫院的護士不超過十個人，比醫生還要少很多，護理工作現在也成了一個大難題。

這樣的情況也是意料之中的。這麼危險的地方，誰想真的回來呢？這些回歸的人甚至也有一部分只是想保留這份工作而已，這也都是李傑能夠明白的。

會議室安安靜靜的，沒有一個人說話，醫生們都在看著李傑。看著這個二十歲的年輕院長，他們想知道，面對眼前的困境，他能出什麼主意。

李傑微微地瞇著眼睛，似乎睡著了一般，他坐在會議室的院長位置上，或許是這個經過特別裝飾的位置的襯托，在座的人都覺得這個年輕人不簡單，有種高深莫測的感覺。

「好了！在座的各位，很高興你們能回來！紅星醫院處於危機之中。你們的回歸就是最大的幫助。我先代表患者，代表紅星醫院謝謝你們！」李傑剛說完，韓磊帶頭鼓掌，安靜的會議室裏氣氛瞬間達到高潮。接著李傑繼續說道，「留在這裏的，你們將有一個美好的未來，而沒參加會議的醫生一律按違約處理！他們將面對法律的制裁。」

李傑的話引起一陣騷動，這個時代還不流行工作合同制度，所以大家也都沒有想到這一點。但是，紅星醫院的老闆的確跟這些醫生都簽了工作合約，這也是外來資金投資的企業的一大特點。

李傑前一世不是這個時代的人，他可知道，簽了工作合同後，如果違約，必須付一大筆錢。李傑這樣做，是典型的胡蘿蔔加大棒，留下的就有好日子過，離開的，回來也不要了！

不會來的全部一棒子打死，這一棒子還不夠，李傑繼續說道：「還有個別醫生，知道病菌的內幕。但就是不說，我已經將他送到派出所了！具體的內幕已經掌握，這裏也不多說，只希望大家好好工作。」

眾人再次議論紛紛，李傑所說的人他們都知道，那個傢伙幹了什麼他們也知道！李傑的這一棒子打中了要害，這些醫生中肯定有想搞事端的，此刻聽了李傑的話，所計畫的破壞全落空了，此後再也不敢做什麼。

「現在醫院因爲人事變動很大，我決定進行臨時的改組，希望這次齊心協力，共渡難關！具體的改組情況將由韓磊公佈，當然這只是臨時的，正式的任命將根據這次各位的表現來確定。希望大家能夠協力共勉！」

在座的多是年輕醫生，富有激情與活力，遠大的志向讓他們不畏艱難、勇於挑戰，向上成爲科室主任是他們很多人目前唯一的目標。李傑的這些話充分地調動了他們的工作熱情。每一個人都在想，眼前這個年輕的黑小子可以當院長，他們爲什麼不能破格提升？此刻的他們一個個猶如注射了過量的腎上腺素一般，興奮異常。

此刻，李傑的老家，益生藥店那明亮的落地窗裏，不修邊幅的胡澈醫生永遠都是那麼大牌地坐著。

不過，他的確有驕傲的資本，整個城市誰都知道益生藥店是全市價格最低的藥店，同時也擁有全市最好的醫生。

只要不是什麼大病，一般人都會去益生藥店找胡澈，一般買藥品也都會多走幾步或者多搭乘一段車，因爲這麼點時間與車費同節省下來的藥費比起來，那可是差得不少！

益生的紅火讓醫院眼紅，但是他們也沒有辦法，這個藥店的後台是李傑，李傑的叔叔是藥監局局長王奎，同時副市長李碩與胡澈的關係也很好，兩個人經常在一塊兒下棋、打球。找胡澈看病得看他心情好不好，就算你找到益生藥店門上，如果他看你不順眼，那說什麼也沒有用，誰來也請不動他。不過，一般讓他看不上的患者也不多，通常惡霸、爲富不仁的人等這類社會毒瘤才會讓他鄙視。

今天，胡澈的表現有點出乎意料，藥店裏的工作人員驚奇地發現，這個很大牌的醫生竟然什麼也沒說就被請走了，很匆忙的樣子，連去哪裏都沒有說。

L市距離D市不過一百多公里的距離，胡澈心裏盤算著，今天去了肯定要明天才能回來，但是他管不了那麼多了，李傑在找他，那就肯定有好玩的事！

紅星醫院的豪華院長辦公室，此刻一片狼藉。如果上一任的院長回來看到這個樣子，他肯定要抓狂。

此刻，屋裏的各種古玩字畫都讓李傑清理了出去，取而代之的是各種毫無美感的資料圖等。同時，這裏還有一個奇怪的醫療小組，成員是李傑、安德魯、夏宇。

「一個上午不見，你就成了院長！這是什麼世道，人心不古啊。我還以爲你是爲了人民造福，原來是奔著院長的這個位子！」安德魯假裝歎氣道。

李傑一直是好人，是心軟的好醫生，同時他也是一個普通人，私心他還是有的，其實他第一眼看到紅星醫院的時候，他就考慮過接手這個醫院，但後來卻不了了之了。

醫院的情況太嚴重了，他的注意力都集中到了解決這個醫院的問題上。可是，現在他竟然被任命爲醫院的院長，這又讓他幻想，是否能夠接收這個醫院。

但是，李傑心裏清楚，這個醫院別的不算，光醫院的樓房就需要他傾盡所有的財產，更別說這個醫院裏的醫療設備了。

要知道，幾乎所有的醫院都將賺的錢投資到了醫療設備上。醫療設備基本都出國際上最大的壟斷公司製造，其價格高得離譜。

安德魯的玩笑話正好說到了李傑的心裏。雖然他是無心的，但也讓李傑有些不好意思。雖然只是想想，但畢竟李傑有趁機吞併醫院的想法，不過，這個時候，他的黑臉起了作用，那麼一點的紅根本看不出來。

「別胡說，我怎麼會那麼卑鄙，我們來討論一下這裏的疾病解決辦法吧！」李傑仗著臉黑，裝作一副不在乎的樣子說道。

「夏宇，說症狀！」安德魯身體靠在了沙發裏，懶洋洋地說道。

「多數的患者不同程度低燒。其他的症狀也不盡相同，有一些血壓下降、有的腹瀉、白血球增加……」夏宇一絲不苟地說著。

但是李傑和安德魯卻沒有怎麼注意聽，他們不是醫學院的學生，只需要知道開頭他們就已經大概明白了其中的原因。

「肯定是某種細菌感染，寄生蟲沒這麼廣泛，病毒不可能這麼嚴重，是假單胞菌？放線菌？但是症狀爲什麼不同？難道個體的差異？」安德魯摸著下巴說道。

「也可能是螺旋體、支原體混合其他病菌的感染，我們需要更多觀察！」夏宇說道。

「有道理，但是症狀卻不同。分泌物的鏡下檢查也不對頭！」

三個人正在舉棋不定的時候，門口傳來一個李傑熟悉的聲音說道：「不用考慮了，他們所感染的致病菌只有一個，去統計一下這些患者先前所患的疾病，然後根據他們的症狀來進行分析！」

「啊！我明白了，您是說某種未知的病菌直接作用於患者的患病處，造成了每個不同的患者都有不同的症狀。因爲他們的疾病不相同！」夏宇拍著大腿說道。

「孺子可教也！」站在門口的胡澈說道。

他依舊是那副吊兒郎當的樣子，不修邊幅的他好像一個老流氓，但是這只是他的外表，正所謂敗絮其外，金玉其中。

李傑沒有想到胡澈會來得這麼快，他以爲怎麼也會等一段時間，以他的懶散或許最快也要明天才可以到。更沒有想到的是，胡澈剛到來就解決了他們的難題。

「致病菌只感染患者患病的器官或者部位，同時與患者本身所帶有的致病物相互作用，才產生了不同的症狀。」

「怎麼樣能證明你是正確的呢？」安德魯說道，他不認識這個不修邊幅的老頭，但是卻不妨礙他跟這個老頭爭論。

「相同疾病必然有相同的症狀！發現這個就可以了！」胡澈淡淡地說道。

「如果沒有相同的疾病怎麼辦？」安德魯說道。

「那就使兩人患同種疾病，再試用這個病菌。如果症狀相同，那我們就是正確的！」

「沒錯，實驗體就用你跟李傑吧！」安德魯拍手道。

「不！胖子比較好，我本身就患有多種疾病！」胡澈認真地說道。

李傑沒有興趣聽這兩個活寶爭論。他拉著夏宇去給患者做檢查去了。胡澈的確如李傑所期盼的，診斷是他的長項。他不過剛到來而已，就立刻掌握了這個疾病的要點。

現在要做的就是去證明胡澈的診斷是正確的，找到兩個相同疾病的並且感染未知致病菌的患者。

現在李傑是院長，並不需要自己去統計，只需要一個命令，全醫院的醫生就會將報告呈遞上來。

權力是一個好東西，它就如毒品一般誘惑人，卻又比毒品更難戒斷，一旦嘗試便不易放下。李傑此刻算是體驗到了這個滋味。

「統計出來了，很遺憾，我們醫院的三十個患者沒有兩個人患同種的疾病！唯一一對相同的是兩個闌尾炎患者，但是有一個誘發了多器官的病變，並且讓你治好了！」夏宇說道。

「哦，那完蛋了，李傑你跟胖子獻身吧！」胡澈對安德魯說道。

安德魯雖然喜歡開玩笑，但一直都是他開別人的玩笑。在他的朋友圈裏，都是一些嚴肅的學者，要麼就是一些古板的貴族。

胡澈還是第一個開他玩笑的人，不修邊幅的胡澈其實知道安德魯的身分，李傑已經偷偷告訴他了，但是他就裝作不知道，繼續拿胖子開心。

「獻身的應該是你，你這個老傢伙！」

「不用獻身，準備讓這個闌尾炎患者進手術室！別忘了新進點藥品，老藥品要封存！」李傑說道。

「進手術室幹什麼？要解剖活人麼？」李傑起身剛準備去手術室，卻被安德魯拉住了，這個胖子好奇心很重，他以為李傑是要對這個人進行解剖。

「什麼解剖活人，上一個闌尾炎患者病變是從腸道開始的，只要有腸的套疊，腸道裏有氣體的梗阻，那麼就能證明胡澈醫生是對的！」

「沒錯，你先去手術室，我們去搜集所有患者的資料！」胡澈說道。

其實，李傑已經認同了胡澈的觀點，所有的患者肯定都是被一種致病菌感染，但是具體是什麼東西卻沒有人知道。這需要最博學的醫生來診斷。

在手術室裏的李傑也證明了胡澈的觀點，患者的確有腸套疊，並且腸道感染。

最令人頭痛的是，目前無法明確感染這種症狀的致病菌是什麼，每個患者在感染了這個超級病菌以後，症狀都不相同。

「低熱、高燒、神志不清……五床患者，肝硬化，三床，肝腫大，昏迷……」夏宇一遍又一遍地報告著患者狀況。

不僅僅是上過手術台的患者，普通的患者即使沒有開過刀也都有不同程度的感染！患者數量不是很多，各種病況又不相同，很難確定致病菌。

胡澈的方法很有效，但是患者太少了，相同類型的患者更少，很難確定病情。

那個企圖破壞李傑手術的助手醫生什麼也不知道，公共安全專家們連夜審訊也沒有問出什麼來。相信在省長的命令下，他們也不敢玩什麼花樣。

如果能找到知情人，這個病菌的破譯就容易多了。另外的一個方法就是做檢驗，只要有一個患者死於這個感染，屍檢報告就會暴露出這個病菌的種類以及結構！

可是又有誰希望失去生命呢？

胡澈不是那種光說不練的人，患者的病症是需要親自去看才能清楚的，而不是聽別人的復述。

「令人沮喪的結果！雖然縮小了範圍，但是依然不能確定最終的結果！」胡澈在看完患者後說道。他的身邊是同樣沮喪的李傑和夏宇，這三個人現在完全可以稱得上是鬱悶三人組了。

「沒有辦法確診。胡澈老師的推斷是正確的，病菌肯定是直接作用於患處。」

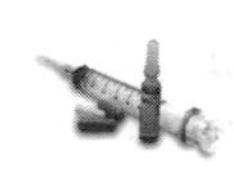

「根據剛才的調查，我們可以將範圍縮小很多！患者根據可能性來分組，用不同的藥物，哪個組患者好轉，就用他們正在服用的藥物！」

這句話如果從別人口中說出來可能很正常，但是從李傑嘴裏說出來，確實有點令人吃驚。李傑是什麼樣的人？誰都清楚，好心腸好到極點的好人。

他雖然是個好人，不肯放棄一個患者，但他也不是傻瓜。這個方法是唯一的辦法了，只能犧牲一部分人。

如果藥物得體，大概兩天內就會有好轉，所以兩天內要盡最大的努力來保住所有人的生命。

「就這麼辦，再來總結一下，將範圍儘量地縮小！我們應該按照不同的病，作爲分組原則！」

胡澈的提議得到了兩個人的贊同，李傑在心裏是很佩服他的。這個人雖然脾氣有些古怪，醫術確實高明得很。

如果沒有胡澈提出的醫療意見，他們也不可能將致病的病菌範圍縮小那麼多。那成千上萬的病菌，也是不可能試驗出來了。

「嚴格保密，不能讓患者知道！」胡澈提醒道。

有的時候必須做出犧牲，但是誰都不願意犧牲，因爲生命是無價的，每個人都珍惜這唯一的一次生命。

做出排除診斷的決定是痛苦的，李傑也不願意這樣做，但是沒有辦法！比起全部死亡的代價，這樣已經很佔便宜了。

而且這樣做也不一定會死人，只要搶救及時，病菌沒有完全破壞患者的身體，也不會死亡。

院長辦公室裏樹立起來了一個小黑板，上面寫著很多東西，都是關於各種藥物的應用以及患者的分組情況的。

此刻，天已亮明，初升的太陽將黑暗驅趕得一絲不剩。李傑紅著眼睛坐在寬大的沙發椅中思考著。

當權者必須顧全大局，爲了保護所有的患者，必須做出犧牲。李傑摸著胸前的藍色「生命之星」標牌，心裏回味著「生命之星」的成員必須具備的六種精神：對醫學難題的探索精神，取得成績時要記得謙卑、對於弱勢的患者要有一顆憐憫的心……

永不放棄！作爲一個醫生，不能夠放棄任何一個患者！

李傑在這裏想了一夜。他不想放棄任何一個，但是至今也沒有想到辦法來解決這個問題。

陽光透過明亮的玻璃窗照射進來，很刺眼，清晨應該是人活力四射的時段，但是李傑感覺到的是疲倦。

他現在是這個醫院的院長，負責著醫院的生死，沒有人比他更關心這個醫院的死活了。此刻，他正等待著關於患者分組情況的報告。

醫院早在昨天夜裏就重新分組了，很多醫生同李傑一樣，沒有回去睡覺，而是在醫院裏守了患者一夜。

大劑量的抗生素例如青黴素、萬古黴素被交叉混合使用。他們做的是分組的藥物排除實驗，目前病毒源尚不清楚，必須嚴格觀察患者的情況。

「給患者做全面檢查，看一看效果！」李傑坐不住了，他走出辦公室，對下面的醫生命令道。

藥效應該顯現出來了。李傑覺得，通過檢驗確實能夠發現這種藥物是否真的有效，這也是查出問題最快捷的方法了。

幾十個患者的檢驗需要一段時間，李傑就靜靜地等待著，同時也在思考著應該如何來解決這個可惡的感染問題！

過了一陣，李傑聽到了辦公室外傳來腳步聲，然後就是急促的敲門聲。

「進來！下次不用敲門！」李傑喊道。

「結果出來了！」夏宇捧著報告跑進來。他昨天夜裏回去睡覺了，但卻很早就跑過來了。拿到結果以後，他就一路狂奔過來，因爲身體虛弱，他氣喘吁吁。

「慢點說，休息一下，不要著急。」李傑平靜地說，夏宇緩和了一下，平復了呼吸，終於張口了。

「沒有效果！所有的抗生素都沒有效果！」

「不是細菌？不可能！」李傑驚道。

「可能是超級耐藥性的細菌！我們要怎麼辦？」夏宇說道。

李傑認爲是超級耐藥細菌的可能太小了。這個社會抗生素的濫用程度還沒有後世那麼高，不會因感冒、流鼻涕就大量服用青黴素、諾氟沙星之類藥。

難道是醫院自己培養的病菌？或者其他競爭對手培養的這個東西？

「患者情況怎麼樣？」李傑突然問道。

「還可以，有幾個惡化很嚴重，恐怕撐不過兩天！」夏宇說道。

「準備手術，我要親自去挑選患者，取體內病變組織做檢查！」李傑說道。

「啊？他們都是活人，這麼檢查恐怕不妥！」夏宇提醒道。

「難道等變屍體了再檢查？沒有辦法了，快去準備吧！」

事到如今，李傑也是沒有辦法。穿上白大褂，走出院長室，他決定挑選一些患者進行深入檢查。

他想研究一下病菌對他們身體的具體危害，如果能找到原因，或許就可以治療他們，但做這些之前，需要得到家屬的同意。

醫院裏的這種病菌有一個特性，就是對健康人不起作用，目前也不知道這是爲什麼，但他們依然沒有掉以輕心，這裏的健康人都在服用廣譜抗生素，用來增加抵抗力。

這場疾病不僅僅影響了醫院，患者的家庭也受到了極大影響，大清早來了很多患者的家屬送飯。

病房外，李傑召集了一些家屬代表，對他們說道：「患者情況很嚴重！隨時有可能死亡！」

「不可能，你們醫院出了問題，必須負責到底！」一位患者家屬怒吼道，他的話得到了其他家屬的紛紛贊同。

「你們要清楚，現在不是追究責任的時候！目前只有一個方法，我需要做檢查手術。是否同意，你們決定！」

「如果不做，會有什麼後果？」

「根本無法治癒，後果將是最壞的！」

「如果做了手術呢？」

「會很危險，但是有一定的機會可以挽救患者！」

這是一個讓人無法接受的後果，很多人甚至都已經哭了出來。李傑很公平，又召集了所有患者家屬來說明這件事。到最後，每一個人的家屬都簽署了同意檢查的協議。

實際上，探查手術只需要幾個人就可以了，李傑沒有告訴他們，因爲患者家屬知道這種情況，肯定不會同意自己的家人做手術。

「隔離家屬，不能讓他們知道我只是隨機抽取幾個人！」李傑拿到附有家屬簽名的協議書以後，低聲對韓磊說道。

「我要怎樣才能隔離他們？」韓磊問道。

「這就是你的問題了！」李傑笑著拍了拍韓磊的肩膀，接著對胡澈和夏宇說道，「我們

去選擇患者吧！」

欺騙患者也是無奈之舉，如果他們知道實情，肯定不會同意簽字，但這也是沒有辦法的事。李傑這方面也會本著最有利檢查的原則來挑選患者，不會有絲毫的私心。

「十一號患者和十五號患者症狀很相像。」胡澈說道。

「那就這兩個吧，都是肝病。」李傑在本子上記錄著。

「廿二號患者，也算上吧，很獨特的一個患者！」胡澈說。

「好的！」李傑再次記錄。

……

胡澈的原則是儘量地多挑選患者，這樣的檢查應該會更加準確一點。一會兒的功夫，他已經挑選了差不多十個患者，每個患者都有著各自的特點。

如果檢查過程順利，那麼結果很快就會出來，但是這些患者大多數要受苦了。

他們挑選完了患者，正準備離開的時候，安德魯這個碩大的胖子卻衝進了病房，一臉著急地問道：「要動手術？要取組織檢查？」

「沒錯，怎麼了？雖然手術困難，但是李傑卻不是一般人，絕對會讓患者受到的傷害最小化！」胡澈得意地說道。

「不行！」安德魯一口否定。

「爲什麼不行。你個死胖子滾蛋！」胡澈沒好氣道。

「你手臂的傷還沒有好，你這兩天已經過量換血了！沒有機會再次換血了！先停止吧，去採集你母親的血樣，我先把你的病治好再說！」

李傑默默不語，他知道安德魯關心他，可是這裏的工作怎麼能丟掉呢？手術是非做不可的，只有他能在活人的身上取檢查樣品卻不傷害患者健康。

「這是怎麼回事？」胡澈疑惑道，他並不知道李傑手臂的傷勢。

「安德魯，我已經決定了！做完手術再說，我會小心的，絕對不勉強自己！」

連續的手術讓人精疲力竭，除了主刀醫生李傑，手術團隊其他位置的人已經連續換了兩批。這讓安德魯和胡澈等人很擔心。

李傑的手臂畢竟還沒有痊癒，如果再出現什麼差錯，那也許是不可逆轉的傷害，可能他真會因此而永遠地告別手術台。

手術室內的李傑，速度依舊快捷，絲毫看不出疲憊帶來的影響。他熟練地切開皮膚，開胸、牽引線、止血……

韓磊則領導著一批人在化驗室裏不間斷地進行著檢查。他們主要是根據手術中取得的組織標本來研究鑒別，從中找出真正的病因。手術做得很快，有的時候上一次送來的組織還沒有檢查出結果，新送檢材料卻已經到了。

「他是超人麼？真是太快了！」一位檢驗的醫生小聲說道。

「聽說患者術後都很健康，幾乎沒有什麼損傷，不可思議，真是個厲害的傢伙！」另一個人附和道。

韓磊聽到了這兩個人的小聲議論，但是他沒有說什麼。

醫院裏燈火通明，幾乎所有的醫生都沒有下班，儘管很是疲勞，但是沒有人抱怨。最累的手術人員還在繼續。手術是從上午開始的，現在已經凌晨兩點多，十一台手術完成了十台，目前是最後的一個。

手術室中的無影燈下，一位年輕的護士不知道是第幾次給主刀醫生擦汗了。她不知道這個年輕的院長爲什麼這麼拚命。

這個年輕的有些稚嫩的院長，在她眼中有太多的不可思議，神乎其神的手術技術，有著一副悲天憫人的好心腸。

第三劑

跳動的心臟手術

當護士剛將手術刀遞給李傑，她卻突然醒悟過來，
患者心臟還在跳動，怎麼能直接摘取壞死的心肌？
還沒等開口詢問，護士就看見手術刀直接切入了心臟！
在手術室所有人的眼中，李傑簡直是瘋了！
跳動的心臟是不能直接切的，這是誰都明白的道理。
一般做手術時，如果心臟不停跳，那必須用支架來固定。
如李傑這樣做手術，就是在冒險，更何況這個患者凝血有問題，
如果失誤一丁點，必然血流不止，直到死亡。

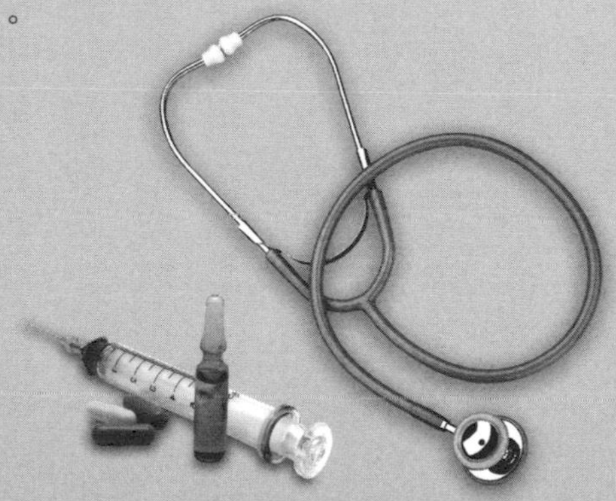

「開胸器！」李傑的命令讓護士從幻想中跳出來，立刻將開胸器遞出。

李傑正在爲最後的一個患者做手術。他用開胸器將胸骨撐開，手術刀精準劃破心包，然後再用牽引線將心包拉開，整個心臟裸露出來。

助手和護士因爲長期工作的原因已經很疲勞，甚至到了昏昏欲睡狀態，可是很快他們就睡意全無。

一個病態的心臟，如李傑所想的一樣，損傷已經到達了心臟深部。儘管心臟跳動依舊，幾乎看不出什麼變化，但像李傑這樣醫術高超的醫生卻一目了然。

李傑用手在心臟上觸摸，他這一手與龍田正太一樣，是用觸覺來區別壞死的心肌！

在醫生的眼中，只有兩種人——患者和健康人。

健康人要想辦法讓他保持健康，患者則要讓他康復。手術台上的這個患者，李傑需要讓他變得健康。

「血太多了，擦乾淨！」李傑說道。

助手立刻拿著紗布輕輕地擦拭心臟，將胸腔內的血液擦乾淨。此刻，李傑則在思考著，他剛才下刀很快，不可能造成這麼大的損傷。可是血液流出得太多了，這絕對不是他弄出來的，可是患者沒有外傷，血液這麼容易流出的原因只有一個。那就是患者本身容易出血，且很難止血。

患者的心臟出了毛病，剛才的觸診已經讓李傑找到了心臟的病變區域。這次手術的目的就是取病變區域的組織來進行檢查。

出血的原因目前已經不重要了，目前應該想辦法避免大面積的出血。如果手術中出了問題，創口過大，患者可能流血不止，直至死亡！

「手術刀！」李傑說道。

護士機械地執行著命令，她從來都不考慮主刀醫生的命令是否合理，只是機械地傳遞著器械。

可是，這一次，當護士剛將手術刀遞給李傑，她卻突然醒悟過來，患者心臟還在跳動，怎麼能直接摘取壞死的心肌？

還沒等開口詢問，護士就看見手術刀直接切入了心臟！在手術室所有人的眼中，李傑簡直是瘋了！

跳動的心臟是不能直接切的，這是誰都明白的道理。一般做手術時，如果心臟不停跳，那必須用支架來固定。如李傑這樣做手術，就是在冒險，更何況這個患者凝血有問題，如果失誤一丁點，必然血流不止，直到死亡。

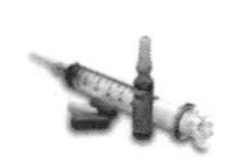

力量掌握得恰到好處，位置精準得好像用儀器測量過一般，李傑的手術讓在場的人看到了什麼叫做真正的完美。

如果是第一次看到，很多人都不會相信，都會覺得不過是偶然而已。一個年輕的醫生不可能有那麼多的臨床經驗，所以也不可能有如此神奇的手術技術。

手術刀如同一個老道的獵人，精準且快速地鎖定獵物——壞死的心肌。很多人都沒有看清楚這一刀是怎麼切的。但結果大家都看出來，很明顯的，這一刀趨於完美。

李傑看著驚訝不解的眾人，解釋道：「放心，我沒有糊塗，他左心室肥大，需要做左心室減容手術。我這不過是幫忙去掉壞死的心肌，姑息療法，用不了多久，他心肌還會變性，幾年後還要做一次！」

李傑說著話，手卻沒有停止。他持著針器，進行著細緻入微的縫合，讓心臟看起來幾乎沒有受過傷。

雖然心臟跳動得很有規律，但是心臟也是一個很精密的器官，上面佈滿著各種各樣的血管和神經，一丁點的偏差也可能導致患者永遠醒不過來。可是李傑卻做得如此經典。

在場的醫護人士此刻都是同樣的想法：很經典的一次左心室減容手術，在不用體外循環的情況下，在跳躍的心臟上切除壞死的心肌。

取出來的壞死心肌，不用李傑吩咐，週邊護士就已經拿著托盤送去檢驗了。在這一批檢查中，很多患者幾乎都是僅有一點心臟症狀，所以這個心臟的心肌尤爲珍貴，它的檢驗結果應該會最直接地說明病菌的類型……

當然這些症狀都是手術中發現的，這次手術不僅僅讓李傑能夠獲取很多珍貴的檢測資料，同時，他也發現了很多原來沒有發現的重要症狀。

短短的不到三釐米的傷口上，李傑縫了超過五十針。密集的縫合保證了心臟在跳躍時不會傷口崩裂。

「手術完畢。準備關閉胸腔。」

漫長而枯燥的手術馬上就要結束，雖然沒有人高聲慶祝，但是他們在內心中卻都在歡呼雀躍。長時間的手術讓他們的腿都站麻了，幾乎沒有任何的知覺。

其中很多人甚至都在懷疑，醫生到底是體力活還是腦力活？

在大家都放鬆的一刹那，韓磊作爲麻醉師卻沒有鬆懈，他的眼睛一刻也沒有離開顯示著著各種生命指徵的儀器。

在手術室裏，所有人都可以抽空鬆懈一下，唯獨主刀醫生和麻醉師兩個人不能有絲毫的失誤和怠慢。

一個小小的失誤可能造成手術的偏差，手術可能就此失敗，患者可能因此死去。麻醉師必須時刻保持警惕，準備應付各種危險的情況。

「血氧分壓降低，呼吸頻率加快！血壓下降……」

麻醉師的話讓鬆懈的神經再次緊繃，很多人已經準備回去好好洗個澡睡一覺了。現在看來，很明顯，這個願望要推遲一陣子了。

麻醉師在根據患者狀況注射各種調節藥物，如氣管擴張劑、血壓升高藥物等等。

躺在床上的患者在深度麻醉下根本不知道自己的狀況，他不知道自己的生命在流逝，更不知道他已經接近了死亡的世界。

「呼吸衰竭，心率快速下降！」護士忍不住對李傑提醒道。

此刻，大家都把希望寄託在主刀醫生李傑身上，但是他卻如一個木頭人般一動不動，任由麻醉師在一旁忙活。

李傑精湛的手術技術已經成爲了這群人心目中的神話，幾乎所有人都有這樣的一種感覺：只要有這個皮膚黝黑的年輕院長在，手術就不會失敗，所有的患者都可能被救治。

「心率下降，六〇、四二、二二，心臟停止跳動！」麻醉師每說出一個數字，眾人的心便更緊張了一分，當宣佈心臟停止跳動的時候，人們便將所有的希望寄託在主刀醫生李傑身上。

「除顫器！」主刀醫生終於說話了。

「兩百，充電，所有人離開！」塗抹著導電膠的除顫器直接電擊心臟，但心臟卻很不領情，依然靜靜地躺在那裏，一動不動。

「充電，第一次！」

「充電，第二次！」

……

李傑頭上的汗水幾乎要流進眼睛，但是護士卻沒有注意到。她的目光一直鎖定在患者的心臟上。

七次電擊就是極限了，但是現在已經用了六次，最後一次如果不能復甦，這個手術就宣告失敗了。

手術失敗的同時，年輕的院長，傳說中的天才醫生，手術不敗的神話也會隨之破滅。

「功率最大，準備最後一次！」李傑淡淡地說道。

謀事在人，成事在天。患者出現這樣的情況，誰都沒有辦法。這個時代儀器太差。紅星醫院儘管投入了大量資金，用於儀器的經費依然顯得單薄。

在患者出現症狀的第一時間，李傑的頭腦就在飛速地運轉著，他是在尋找著患者衰竭的真正原因。

此刻的心跳停止並不是李傑所最關注的，按照這個患者的情況，電擊一定可以復甦。不過，讓李傑奇怪的是，心臟竟然六次都沒有能跳起來。

遇到突發情況要沉著冷靜地面對，如果不能找出原因，就算拚盡全力搶救，最後的結果依然是死亡。李傑一直在這樣警告自己。

強烈的電流瞬間充滿患者全身，最大功率的電擊終於起了作用，心臟回復跳動，心率穩步上升，很快地就恢復了正常的心律。

搶救完畢，這次似乎是真正可以關閉胸腔了，手術似乎可以結束了。

「手術刀，準備肺切除術！」

「肺切除？」助手不禁問道。

「沒錯，三分鐘準備時間！」李傑淡淡地說道。

「你這是開玩笑麼？患者肺部情況我們完全不瞭解，怎麼可能做切除？」助手反駁道，雖然他對這個年輕的主刀近乎崇拜，但是他依然有著自己的想法，並不是盲目地聽從。

「三分鐘後，準備肺部切除手術！」李傑沒有回答，而是繼續說道。

三分鐘是很短的時間，轉瞬即逝。手術室中的人都持有和助手一樣的心理。他們認爲，沒有影像學的檢查資料，沒有X光和CT的掃描幫助，根本無法做肺部的切除。

李傑當然知道這次很冒險，但是已經沒有辦法了，這是最後的機會，這個患者如果此刻不做肺切除，這個心臟手術就白做了。

如果患者死亡，他將成爲李傑接管紅星醫院後第一個死亡的患者，死亡原因除了感染意外，還有一個重要的原因就是肺內的惡性腫瘤，也就是肺癌！

癌症是死亡的代名詞，發現得早尚且可以治癒，如果任其發展一段時間，就算不是醫生，也知道那唯一的後果就是死亡！

因爲沒有事先確定病變的部位，這次手術開口則需要慎重選擇。現在唯一能確定的癌變部位就是左肺部。正是如此，病變才會影響到心臟。

所有的醫生都知道，肺切除術的切口都是根據患者的具體情況和病變部位來選擇。常用的有後外側切口和前外側切口，很簡單的外側肺楔形切除術也可經腋下切口進行，以減輕術後切口疼痛。

李傑的手術最大特點就是快。手術的時候，快速的切割可以保證傷口流血最少。

這其中除了要求技術精湛以外，還有就是要求主刀醫生對人體的瞭解細緻，要求對不同

的人、不同的體型都有熟悉的把握。最後一點，就是要求手術刀絕對鋒利！一柄嶄新的手術刀遞到李傑手裏。李傑在一次手術中，換手術刀的次數多得讓人覺得他像是在浪費。

手術刀橫切，心臟的切口擴大，胸腔擴大……李傑充滿靈氣的雙手像被賦予了靈魂。充滿創意的切口位置巧妙地利用了心臟的開口，最小化地減少了對患者的損傷。切口同時也保證了手術的最佳視野，讓李傑可以很充分地觀察整個肺部，從而找出病變區域。

李傑倒持手術刀，快速地分離肺表面的黏連。這樣做是因爲李傑還不知道病變部位在哪裏，他必須探查清楚肺內病情，才能開始切肺手術。

如此的肺部手術恐怕李傑算是第一個了，沒有做事先的檢查，直接打開肺部，用肉眼來尋找腫瘤。

此次黏連應全部分離，以利操作，也利於部分肺切除術後餘肺擴張。

李傑除了心腸好以外，還有就是急性子。在這種情況下，通常應該用組織鉗做分離，可是李傑竟然再次翻轉手術刀，用刀尖來直接割破肺部表面的黏連。

在場的人多是第一次見到李傑的手術，對於他的大膽手術很不適應，像李傑這樣，要麼是藝高人膽大，要麼就是新手不知道天高地厚。

顯然李傑是第一種，沒有經過探查，根本不知道病變部位在哪裏，萬一就在肺部表面，李傑只需要手一抖，刺穿病變部位，那麼整個胸腔都污染了。

可能是長時間工作的原因，也可能是疲勞過度的原因，李傑的雙眼佈滿了血絲。如果把他的帽子摘下來，那亂蓬蓬的頭髮配合這雙眼睛，完全可算得上是一個瘋子科學家的模樣。

瘋子科學家通常都有著不為人知的驚人技術，李傑也是一樣。

整個肺部的分離在普通的外科醫生看來，這是一個需要耐心的細緻活。李傑卻用手術刀直接割破黏連。這看得他身邊的助手內心狂跳，每一刀他都覺得會切到肺部，會有血液流出，但是每次都差那麼一點點，是貼著肺表面切過去的。

肺是人體的重要器官，空氣中的氧氣在這裏與血液接觸，交換氧氣與二氧化碳。肺如果破損，那麼會發生嚴重的漏氣，造成呼吸衰竭。

同時，肺部也有很多血管，在手術時，除了要注意防止割破肺，同時也要保護血管。但是在這之前，李傑需要找到病變的部位。

肺切除是一個大手術。李傑也不是願意冒險，眼前的這個患者身體虛弱，剛做完心肌切除。如果不能快速地結束手術，恐怕他很快就會成為那些冰冷屍體中的一員了。

凌晨三點整！

從心肌切除到分離肺部黏膜，用了大約半個小時的時間，效率十分驚人。要知道，李傑是在帶病的情況下，連續工作了十個小時以上達到的這個效率。

然而，李傑沒有時間感歎自己的效率，也沒有時間洋洋得意，因爲整個肺部探查得差不多了，但是病變區域卻一點眉目也沒有。整個肺部看上去都是完好的，人眼畢竟不是X光機，手術室中的人員多數都覺得李傑可能錯了，判斷錯誤了！這個患者肺部恐怕根本就沒有疾病。

然而，李傑絲毫沒有放棄的意思，他是心胸外科的醫生，最擅長的就是心臟的手術，但是肺部與肝膽手術他同樣很熟悉，只不過比起他在心臟手術上的造詣要差一點而已。

「穿刺針！」李傑說道。

護士在機械地執行命令，沒有疑問，沒有反駁，但是做助手的醫生卻忍不住了，一把搶過穿刺針，然後對李傑說道：「你太胡鬧了。雖然你是院長，但也不能這麼胡來！你根本無法確定病變部位，如果穿刺過多，會要了他的命！」

這個助手很年輕，大約只比李傑大幾歲，很明顯是一個剛畢業的學生。他還沒有被這個社會的風氣所污染，還保持著學校中教導的救死扶傷至上的信念。

這個社會哪裏都是一樣，對很多人來說，沒有人會爲了一個不相干的人去得罪自己的頂頭上司。雖然李傑不過是一個暫時的院長，但誰又能保證他以後不會繼續管理這個醫院呢？一般來說，也只有入世不深的人才會去這樣阻止李傑。

「不超過兩次，我就可以找到病變！」李傑說道，他沒有怪罪這個助手，相反他很欣賞這樣的人，但是卻不能表現出來。

這樣的人畢竟是一個特例。他是一個院長，可以允許這樣的特例存在，因爲這樣的人可以讓李傑保持神經緊繃，不會放鬆，但是他不能鼓勵這樣的特例，如果整個醫院都是跟院長作對的人，那醫院就不用運轉了。

「如果找不到，立刻停止手術！」

「我要找到了，你以後每個禮拜多一天夜班！」李傑說著，便將穿刺針插入患者肺部。其實，這個患者如果停止手術，幾乎是必死的結局，這個年輕的醫生對這點並不知道。

助手因爲經驗的原因並沒有認清這個患者病情的嚴重，他此刻關注的是李傑能不能找到病變。

李傑將穿刺針拿出來，放在助手面前。他此刻已經不用說什麼，很明顯的病變，甚至不用鏡檢。

李傑從來不打沒有把握的仗，這也是他從來不失敗的原因。在普通的醫生看來，肺部幾乎沒有病變，但是李傑知道，這不過是一個表面現象。

真正的病原隱藏在最裏面。雖然它埋藏得很深，可畢竟是病變，只要有病變，那麼就會有症狀。

症狀是不會騙人的，雖然不明顯，但是李傑卻發現了。可是患者有兩個症狀，李傑不能確定病因，所以穿刺了兩針。

「明天開始算起，你值夜班的時間加倍，一周兩次。」

助手醫生卻是一副不在乎的樣子，他還年輕又是單身。值夜班對他來說沒有什麼，他並不害怕，相反他還有點高興，因為患者確診了，只要患者的症狀清楚，他就相信這個主刀的院長可以解決問題。

李傑拿起組織鉗，準備分離切斷血管，突然，他停下手上的動作，然後說道：「換一個穿刺針！」

器械護士還是機械地執行，她只能在心裏猜測或質疑，卻不能開口問。她參加過很多手術，今天這次手術卻是她見過最嚴肅的手術。

「找到兩處病變，你是不是要一個禮拜加班兩天?」李傑笑道。

助手有些傻傻地點了點頭，然後他看見穿刺針如上一次一般，再次帶著病變的組織出現在他眼前。

「我以後可以一直跟著您做手術麼？」助手醫生突然說道，他此刻已經完全盲目崇拜李傑了。

「當然可以，如果我還是院長的話！」

學習做手術很容易，只要努力學習，再有足夠的機會，資質平庸的人也可以成為一個不錯的醫生。但是學做人卻很難，一個人的本質很難改變，貪婪的人就是貪婪，卑鄙的小人不可能變成君子。李傑在心裏這樣想。

目前在紅星醫院工作的都是好樣的，起碼在最困難的時刻他們沒有退縮。特別是眼前的這個助手，李傑甚至看到了自己的影子，他即使面對著最權威的專家也敢質疑。

「各項指標穩定，可以進行下一步。」麻醉師說道。

李傑點了點頭，示意進行下一步手術。

紅星醫院的醫生水準超出了李傑的想像。最開始的時候，李傑還為麻醉師韓磊的水準驚訝，以為他不過是一個特例，可是現在這個手術的麻醉師水準也不差。

另外，其他醫生在手術室的表現也都技藝精湛，雖然他們多是本科畢業生，但水準卻遠遠不是學歷能夠反映出來的。

他們還都年輕，都像一顆顆冉冉升起的新星。如果能夠得到很好的培養，他們成為名震一方的名醫不過是時間問題。

患者的肺部癌症沒有擴散，所以有兩處病變，只是這種情況比較罕見。

第二根穿刺針抽出來後，證明了李傑的觀點。如果癌症細胞擴散了，那麼就算神仙也救不回來了。

目前的手術到了關鍵時刻，切開肺之前需要阻斷血流，肺部的血管都集中在肺門處，對肺門的精確解剖將是最考驗主刀醫生的一步。

人體的解剖圖像在李傑的腦海中被調用出來，精確的解剖對李傑來說很是輕鬆，他有一雙靈巧的手，他還有一個聰明的頭腦，而且沒有人比他更能瞭解人體的結構。

止血鉗、小紗布、縫線三者在李傑手中變成了阻擋血流的屏障。溫柔如羽毛一般的動作，快速如閃電一樣的雙手，如果讓外行人來看，這最困難的一步，看起來卻是最簡單的一步。靜脈、動脈，最後是支氣管，一步步地都被切斷了。

手術室外，醫院的實驗室裏，連續工作了十幾個小時的白大褂們此刻精神亢奮，沒有一個人覺得疲倦。

因為勝利就在眼前，致病因素就要被發現了。各種病變的組織被一個一個地送過來，然後經他們的處理，謎底一步一步被揭開，目前為止，就少了那麼一丁點，整個拼圖就差最後一塊了。

最後這一台手術得到的心肌，就是這最後一塊拼圖，當這塊拼圖拼好了以後，謎底就揭曉了。

以手術方法來取病變部位這一大膽的想法讓檢驗變得簡單，只要結合之前分組檢驗的結果和症狀分析，就可以確定感染的病菌了。

「結果出來了！」實驗室裏不知道誰興奮地大聲呼喊。

眾位白大褂都興奮地向著聲音的方向望去，那是一個巨大的胖子，那身白大褂在他身上小得可憐，他身上的肥肉幾乎都要爆出來。

這麼胖的人肯定是安德魯，他此刻意識到自己剛才太興奮了，於是笑著抱歉道：「對不起，吵到大家了，你們繼續！」

「還繼續什麼，你發現了什麼，快點告訴我！」其中一個醫生說道。

「哦，遺傳的因素，我找到結果了！這裏的設備真是差勁，其實早應該提前五小時的！」安德魯抱怨道。

「遺傳？開什麼玩笑，這麼多人，又不是一家的，怎麼可能是遺傳？」韓磊疑惑道。

「什麼這麼多人？我說的是李傑的血管病，我找到他的致病基因了，他以後手術可以不用害怕了！」

眾人不由得一陣失望，雖然他們對於李傑的病能夠治癒感到很高興，但他們更關心的是眼前這些患者感染的病菌。

安德魯看到他們失望的表情，不由得再次抱歉。可是沒有幾分鐘，他再次叫喊道：「結果出來了！」

可是沒有人理他，安德魯於是再次大聲喊道：「結果出來了，是雙重感染！」

實驗室眾人的目光再度集中在安德魯身上，這個胖子此前一直在研究李傑的血液問題，此刻竟然找到了答案，實在是不可思議，這簡直比李傑的手術還讓人震驚。

李傑每次從手術室出來，人們都會發現，他所帶領的團隊人員幾乎都有一種對李傑近乎無限崇拜的表情。

這個年輕院長神乎其神的手術，也讓紅星醫院的醫生們無限崇拜。這次的連台手術讓這些年輕的醫生們見識到了頂尖的外科醫生水準。

隨後，很多醫生又從李傑的小跟班夏宇那裏聽說了他的事蹟。人們猛然地發現，原來這個年輕的院長真的很不簡單。

李傑成了他們眼中的救世主，他們堅信李傑可以在手術台上治病救人，相信他在紅星醫院做代理院長，也可以「治療」紅星醫院。

李傑做完了十一台手術，但還沒有解決所有的患者的問題。紅星醫院現在就是一個「患者」，它是李傑的特殊患者。

紅星醫院醫療設備雖然不錯，但是空調系統卻是差勁得很。李傑做完最後的手術後，衣服已經被汗水浸濕了。

剛剛走出手術室，他就甩掉了讓人窒息的口罩，然後又脫掉了讓他流汗不止的手術衣。現在他什麼都不想，只求能找個舒服的床好好地休息一下。

連續十幾個小時的手術，李傑的腿已經麻木了，他現在的感覺就像跑了幾萬米一樣，休息是他目前最想要的。

可是，他剛剛走出手術室，就碰到了夏宇。這個臉色有些蒼白的大男孩看到李傑出來，立刻興奮地叫喊道：「我們找到原因了，雙重感染。」

「病毒和細菌吧？應該是細菌的大規模破壞，降低了身體的免疫力，然後病毒乘虛而入。我已經猜到了，用藥了麼？」李傑疲倦地說道。其實，他在心臟治療的時候就已經猜測到了，有可能是病毒。他們繞了一個大彎，最終又回到病毒感染這個起點上。

「用了，安德魯親自選的藥物！另外您的藥物也找到了，目前恐怕不能完全治癒，除了吃藥你還要換血。」夏宇說道。他一點不懷疑李傑所說的他能猜測到的事。

李傑沒有說話，他最怕的是遺傳的因素。遺傳病是無法根除的，藥物可以緩解他的病情，以後換血可能間隔會延長。

他此刻很想休息，整個醫院除了他，所有人都休息過了，但是，李傑知道他不能休息。作爲院長，作爲紅星醫院的精神支柱，他必須讓大家知道，他與所有的醫生都共同戰鬥在第一線。

現在是凌晨，寧靜的夜裏只有人們休息時的呼吸聲。無論醫生還是患者家屬，他們的神經都緊繃了十幾個小時，此刻宣告危機解除，緊繃的神經鬆懈，多數人都放心地休息了。

此刻，並不是所有人都睡著了。在病房外靠近樓梯的角落裏，有一對兄弟卻還清醒著，他們在低聲說著悄悄話。

「哥，媽這回好了。我們是錯怪了這裏的醫生，還打了人，你說怎麼辦啊？」

「是啊，我們冤枉好人了！」

「都是二醫院的郝醫生說的，多虧了我們來看病了，要不然，媽可沒救了。」

「這次還不知道醫療費要多少，不行回家把房子賣了吧！」

「那哥你怎麼結婚啊？」

「以後再說吧，總不能欠著醫療費不給吧！」

……

兩個人的談話一句不差地落入李傑的耳朵中，兩位淳樸的農民兄弟讓他感動。如果在他是李文育的那個時代，像他們的情況，別說醫療費不給，不讓醫院賠錢就不錯了。

李傑還記得有那麼一句話：「要想富，做手術，做完手術告大夫！」帶著攝影機進手術室，在李文育那個時代成了普遍現象。

醫患關係糟糕，除了一部分社會原因以外，還有很多就是醫生之間的相互攻擊。同行是冤家，相互打擊，無中生有，造成巨大的內耗。

「你們兩個不用擔心，醫療費的事我有辦法，你們跟我來一趟。」李傑蹲下，對兩兄弟小聲說道。

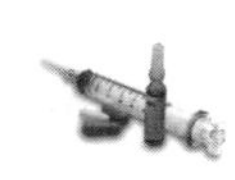

李傑雖沒有穿白大褂，也沒有戴醫生胸牌，但他們都認識這個年輕的黑皮膚小夥子。在他們眼中，正是這個人在手術室救了他們的母親，救了全醫院的患者。

院長辦公室被李傑弄得一塌糊塗，各種書籍扔得到處都是，牆上還掛著一個黑板，上面寫著各種可能感染的病菌。

「醫療費用全免，你們不用擔心，另外，我還會對你們提供補償！」

在院長室裏，兩兄弟本來就坐立不安，在聽到李傑的話以後，他們更加誠惶誠恐。兩個人都是農民出身，不過是進城的打工者。

他們不懂法律，天性淳樸，明明自己是吃虧的一方，卻還想著如何去付醫療費。不過，他們運氣不錯，遇到了好醫生，而不是碰到奸商。

「首先，我要對你們家屬所遭受的痛苦表示抱歉，醫療費用會全免，至於賠償，我也會提供。可是現在我沒有錢！」

「不用賠償，我媽能救回來就已經謝天謝地了！」兩兄弟中的哥哥說道。

「更何況我們弄壞了醫院的東西，還打了人。您根本不用對我們賠償！」弟弟說道。

李傑笑了笑，繼續說道：「我希望你們能幫我一把，告訴其他人，賠償肯定會有，我說話算數。」

兩兄弟傻眼了，他們不知道李傑到底在想什麼。天上掉餡餅的好事一般都是陷阱，兩兄弟雖然淳樸但是不傻，所以，他們想不明白李傑到底要幹什麼。

醫治好了那十幾個患者，李傑的工作並沒有結束。他還有一個最大的「患者」，那就是紅星醫院。

這個病入膏肓的醫院，李傑需要讓它重生。

第四劑

眾人垂涎的肥肉

昨日李傑一手導演的大罷工、大示威繼上次醫院病毒事件後再次成了報紙的頭條。

紅星醫院已經成了醫療黑幕的代名詞。

今天甚至還有好心的市民來這裏給示威者們加油助威。

李傑扔掉報紙，閉上眼睛，靜靜地等待著，他要的就是這個效果。

他相信今天上午，紅星醫院的事情就會有一個結果。

紅星醫院本來是一塊眾人垂涎的肥肉，每個人都想來分一杯羹。

競爭的人多了，想要吃到這塊肥肉，自然要先費點力氣擊敗競爭對手。

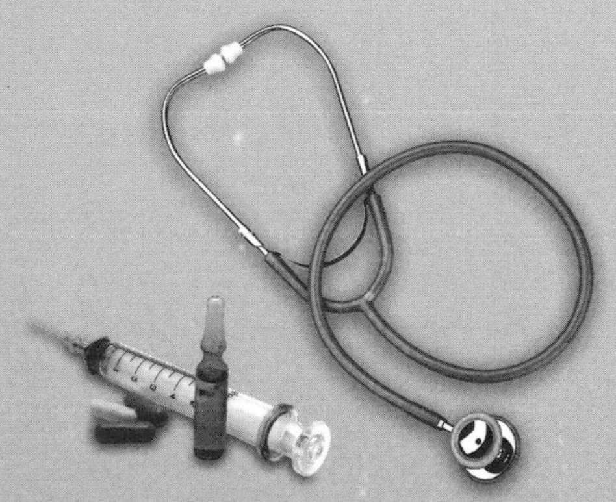

東方魚肚泛白的時候，一些症狀比較輕的患者清醒了過來，他們很高興地發現身體已經沒有那麼難受了，症狀減輕了很多。

這些患者並不是所有的都做了手術，他們此刻已經不在乎治療的過程，也不在乎這次疾病到底是誰的責任，他們很高興地發現自己的命保住了。

當他們從喜悅中回過神來的時候，卻發現他們的救命恩人李傑不見了，根據醫院裏醫生的轉述，他們得知代理院長李傑去省政府了。

領導不是人人都能隨便見到的，更何況是省長級別的。政府的門衛攔住了李傑這個黑皮膚的農村相貌的小子，堅決不讓他進入。

李傑有些生氣，什麼時代都有狗眼看人低的傢伙存在。李傑覺得，社會的墮落腐敗風氣就是從這個時代開始的，改革開放不僅僅帶來了西方的技術與金錢，同時也帶來了種種的社會問題。

李傑本來打算直接向政府彙報醫院的狀況，畢竟他是政府任命的臨時代理院長。可是，他沒有想到現在竟然被一個小小門衛給攔住了。

「有電話麼？你打個電話，就知道了！」李傑忍著怒氣說道。

「去，去，去。再不走開，我叫警衛了！」門衛沒好氣道。

李傑真想給這個門衛一拳，不過一想，還是忍下了，他只能去找個地方打電話了。

在李傑準備離開的時候，一輛轎車從政府大院駛了過來。這輛黑色的轎車李傑很熟悉，他乘坐過，這是輛紅旗轎車。

門衛將大門打開，一臉肥肉堆著笑迎向小汽車。就在他準備恭送轎車出去的時候，他發現了那個要找省長的傢伙還在那裏，並且擺出一副攔車的樣子。

門衛覺得，他的職責就是要把一切這樣的人擋在門外，於是他握緊了拳頭，擺出一副兇惡的樣子準備對著李傑大吼，可是，他卻發現車停了。

他一直覺得李傑是一個農民，那黑皮膚就是證明，那應當是農活幹多了曬的。但是，就是這個他瞧不起的農民卻上了省長的車。

奔行的汽車內，李傑在向省長彙報著自己的工作，而省長依然是一副怡然自得的樣子，靜靜地聽著，一直到李傑彙報完，他才說道：「做得不錯。」

「多謝誇獎，我的任務已經完成，您看這個紅星醫院？」

省長看了一眼李傑，淡淡說道：「我正在研究這個問題，紅星的老總已經出國，跑掉了。醫院的情況很複雜，他還拖欠了很多銀行的貸款。」

其實，省長已經猜測到了幾分李傑的心思，從第一眼看到李傑的時候，他就知道這個年輕的小夥子充滿了野心。以他這麼聰明的人插手紅星醫院，肯定是有目的的。

其實，他想的也不完全正確，李傑捲入醫院這個事件裏也不過是偶然。不是被偶然追打，他也不會捲進這件麻煩的事情裏去。

不過，此刻李傑確實在想盡了辦法要入主紅星，除了私人的想法以外，他還有一個想法，就是要給這些患者討一個公道。他不想知道這個醫院爭權奪利的具體過程，但是這些患者是無辜的，無論醫院如何競爭，他們都不應該把患者捲進去。

李傑心想，如果不是他出現在這裏，恐怕這些患者凶多吉少，多半會成爲犧牲品。

「我想接收這個醫院，不知道您有什麼看法！」李傑突然說道。

省長一愣，顯然沒有想到李傑竟然如此直白地說了出來。他突然覺得這個黑小子很有意思，於是笑道：「那要看你的實力，現在已經有人聽到了風聲，想要接收這個醫院！我不知道你有什麼優勢。」

「並沒有什麼優勢，只不過，我相信其他人一定不會願意接收這個醫院！」李傑邪邪地笑道。

「年輕人有自信是好事，志向遠大也不錯。但做事不能總是憑著想像，這個世界上，很多事情都不是那麼簡單的！等調查一下情況吧。」

患者到了李傑手中，沒有醫治不好的，紅星醫院就像是一個特殊的「患者」，李傑已經開始了他的第一步治療。

紅星醫院今天熱鬧非凡，不過不是因爲看病的患者多。而是醫院的門口全是示威的人，形形色色的人群中除了患者以外還有不少的醫生。

一個個寫滿標語的白色橫幅，在刺眼的陽光下顯得格外醒目。

「天理何在，還我工資！」

「醫生殺人，賠我健康！」

各種各樣的標語與形形色色的示威人群成爲了D市一道特別的風景。李傑作爲代理院長卻躲在院長室裏，一動不動地吹著空調，享受難得的涼爽與清淨。對於鬧翻了天的外面世界，他一點也不關心。

「快出去看看去！外面已經鬧翻了，你還能在這裏悠閒地坐著麼？」安德魯一邊擦著汗，一邊對李傑說道。

「我剛剛吃過藥，你說過吃了藥需要休息。」李傑悠閒地說。他吃的藥正是治療他疾病的藥物，以現在的科技水準，還沒有能夠徹底治療好他手臂的藥物。安德魯給他開的藥只能緩解症狀，他同時還需要進行換血療法。

「也好，反正你就是個代理院長，這裏的事情結束了，你就跟我出國吧！除了你，還有那個漂亮的助手于若然。」

李傑在聽到于若然這個名字的時候，睜開了雙眼，看安德魯的表情不像是開玩笑。他腦海中浮現出了于若然的身影，他看到了于若然那身花格裙子，那嬌媚的身軀，卻怎麼也看不清她的臉。

此刻的醫院外面，示威的人群似乎被太陽給曬暈了一般。那有氣無力的呼喊與倦怠的樣子，讓人覺得他們好像幾天沒有吃飯一般。但是他們依然沒有解散的跡象，一個個都鐵了心似的不達目的不甘休。

這個時代，醫療糾紛並不多，這樣的集會示威就更少了。人群中，有很多看熱鬧的人好奇地過來打聽關於這個醫院的事。

其中有一個戴著黑框眼鏡的年輕人，似乎對這裏的事情格外地關心。他拉住一個患者家屬模樣的人問道：「老大爺，你們這是在幹什麼？」

「幹什麼？討個公道，他們醫壞了我的老伴，我要他們賠錢！」老人怒目圓睜地吼道。

戴黑框眼鏡的年輕人被激動的老大爺噴了一臉的口水，他用手輕輕擦拭了一下臉，然後說道：「我是學醫的，要我幫忙麼？如果他們想在醫學方面騙您，我可以幫您。」

「不用了，這裏的醫生不也討要工資麼？他們都說好了，幫我們要賠償！」

戴黑框眼鏡的人碰了釘子，並不氣餒。他又轉換了一個目標——一個臉色有些蒼白的瘦弱男孩。這個人正是夏宇。

「小兄弟，你是這裏的醫生？」

「是啊，我才來的，一個月工資也沒有給我發！你有什麼事麼？」

「沒事，現在是法治社會。人民的政府，不給錢一定要討回公道。我支持你！」

夏宇點了點頭，對他說道：「謝謝你，不但要拿回工錢，我們還要去告這個醫院。賠償我們的損失，同時也要賠償患者的損失。」

戴黑框眼鏡的人在問過了夏宇以後，又同另外幾個人談了話，結果都差不多。此刻，他覺得自己已經對紅星醫院有了幾分瞭解，然後匆匆地跑到街角的一邊打電話去了。

醫院鬧事成爲了D市的大事，但是媒體在紅星醫院順利地解決了感染問題以後很久才作了報導，並且報導的情況與真實的事件相差很遠。

所以，李傑以往從來不理會報紙等媒體對他的看法，更不理會他們具體說什麼，但是今

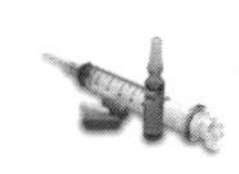

天他卻在看著報紙。

昨日李傑一手導演的大罷工、大示威繼上次醫院病毒事件後再次成了報紙的頭條。紅星醫院已經成了醫療黑幕的代名詞。今天甚至還有好心的市民來這裏給示威者們加油助威。

李傑扔掉報紙，閉上眼睛，靜靜地等待著，他要的就是這個效果。他相信今天上午，紅星醫院的事情就會有一個結果。

李傑覺得，畢業後他就跟疲勞結下了緣。每天，他都是在極度的疲勞與困惑中度過的。他剛剛閉上眼準備休息一下，電話就響了。李傑深呼吸了一口氣，抓起電話。

「喂，是李傑麼？」一個出乎意料的聲音，很熟悉，一時間想不起來是誰，但是，卻不是李傑所盼望的省長的電話。

紅星醫院本來是一塊眾人垂涎的肥肉，每個人都想來分一杯羹。競爭的人多了，想要吃到這塊肥肉，自然要先費點力氣擊敗競爭對手。

李傑自問一沒錢，二沒關係，他憑什麼去跟那些有錢的人競爭？所以李傑就設下了圈套，讓這個肥肉變成燙手的山芋。

昨日的患者要求賠償，還有員工們的工資討要都是他一手導演的，目的就是讓別人都知道，這個醫院的病菌危機解除了，但是它還有更嚴重的財政危機。

其實，李傑完全可以借著病菌危機來入主紅星醫院的，但他卻沒有這麼做。治病救人應該是一種純粹的事。

李傑本來以爲大領導今天會打電話親自過問此事，沒想到接到的這個電話竟然不是。

「我是，您是？張凱叔叔？」李傑突然想起來了，這個聲音是張凱的。

「沒想到你還能聽出我的聲音！」

「當然了，您離開ＢＪ的時候，我沒能去送您，真是太遺憾了。」

「不用遺憾，馬上你就能見到我，我要跟你談談關於紅星醫院的事情。我希望你能接受這個醫院，到時候不要推辭，我會極力地舉薦你，過一會兒有車來接你！」

李傑此刻內心狂跳。他一直以來，忘記了張凱，甚至忘記了張璇這個小妖精一樣的丫頭。張凱分管醫療衛生，如果他能幫忙，比什麼都有用。

正在高興的時候，李傑期盼已久的電話打進來了，電話告訴李傑，幾分鐘後，會有車來醫院的後門接他。

堂堂院長要走後面的小門，李傑只能苦笑，誰讓他自己佈置了那麼多人在門口要錢呢？

出門前，李傑跑到二樓，拿出一個小紅旗搖了搖，這是他跟副院長韓磊定下的暗號。

韓磊此刻正在組織大家齊聲吶喊：「還我工資！」

他一看到小紅旗，就將手頭的工作交給了其他人，偷偷地跑進醫院。

「都佈置好了麼？」李傑問道。

「差不多了，昨天你交給我的任務也完成了。幾乎所有的人都表示會支持您領導醫院，至於工資，恐怕無法拖欠很久，畢竟要養家糊口。」韓磊說道。

「這個不用擔心。工資不會拖欠！那些患者呢？」

「患者比較難辦，本來都不打算要賠償，讓你這麼一弄，他們真是想要賠償了。不過，應該能說服超過一半的人，其他的比較難啊！」

「不用說服他們，到時候就允諾醫療事故賠償，我自有計劃。」

「那麼，感染源調查得如何？還有醫院的消毒藥品爲什麼會變質？」

「採購員消失了，也不關藥品公司的事，藥品都是被開過封了。」

「那以後再說吧，你回去吧，讓大家鬧得更歡一點吧！一會兒政府會有車經過這裏。」

韓磊明白李傑的意思，很快他就組織了人去後門，當看到李傑上車了以後，便衝了出來，大聲地叫喊著。

汽車司機可沒見過這樣的場面，他立刻慌了神，一腳油門踩到底，差點出了車禍，還好李傑坐在前排，幫他把穩了方向盤。

司機雖然差點出車禍，可是依然將車開得很快，生怕後面的人追上這輛車。他技術很一般，車開得不穩，李傑很想告訴他，其實那些人根本沒有追。

政府大樓很是古樸，工作人員如工蟻一般地忙碌著，他們多數人看都不看李傑一眼。這個小子太年輕了，樣子與打扮也都太普通，更沒有那種高貴與霸道的氣質，在這些人看來，他不可能是高官，更不可能有什麼背景。

來到這個世界，出生在農村家庭的他早就習慣了這個，每個人第一眼看到他，都覺得他很普通，但是後來都會覺得這個黑小子不一般。

會議室不是很難找，他沒有費力就找到了。屋子裏的人很多，李傑一個也不認識，經過介紹才知道，這裏除了政府官員，還有銀行的代表以及其他各大醫院的負責人。

李傑是以紅星醫院的代理院長身分參加會議的，雖然地位最低，但卻是這個會議最重要的、最不可缺的一員。

李傑剛剛就座，就聽到省長說道：「人都到齊了，大家都清楚今天的會議內容。這裏也不多說了，紅星醫院已經被我們政府接管，現在李傑作爲代理院長。本來我是打算將它拍賣，但是現在卻有點困難！誰有什麼好的處理意見？」

「王院長不是有意接管紅星醫院麼？不如就由他們的第二人民醫院接管吧！」一個五十多歲的胖老頭說道。

他已經知道了紅星醫院的情況，白天的黑框眼鏡就是他派去調查的。當然，跟黑框眼睛一樣心理去調查的人有很多，所以知道實際情況的不止他一個人。

「我們二醫院最近發展太快了，還是你們一院接受吧！要不然，你們會被我們二醫院趕上啊！」第二人民醫院的王院長反駁道。

省長的臉色有些難看，本來他是不應該管這件事情的，這種事通常都是市長負責處理，但這事卻讓他碰到了，他也不能不過問。

本來這個醫院是很多人搶著想接收的，可是現在的情形恰恰相反，紅星被大家踢來踢去，成了沒有人要的「破爛貨」。

此刻，更可惡的是，他們竟然不顧場合開始了相互攻訐，很快地，不僅僅是一院與二院的院長衝突，其他醫院的院長也都捲入爭鬥中。

李傑發現省長在看他，張凱也在看他，但是他卻當不知道一般，一句話也不說，任由幾個醫院的院長推來推去。

「大家別吵了，讓紅星醫院的代理院長李傑說說情況吧。」省長終於忍耐不住了。

「根據財務報表，我們醫院的貸款還欠了大約七十五萬左右！」李傑說道。

大家的目光立刻集中到了銀行的代表身上，他點了點頭表示同意。接著大家又聽到李傑說道：「根據員工的要求，我們需要付給他們工資，以及員工感染所得的公傷需要三十五萬四千三百二十七元……索賠是最重要的，根據我國的法律，諮詢律師的意見，這算得上是醫療事故。一共有七十六人涉及，每個人的程度不同，大約要賠償兩百六十九萬五千三百二十一元……」

當然，所有的賠償金都是李傑胡說的，他根本沒有計算過，可是他心中卻有一個賬目，那就是賠償金的總數要大於醫院的資產。

「紅星醫院算是負資產了？」張凱似乎明白李傑的想法，此刻發話道。

「沒錯，按照慣例，應該倒閉，將醫院的資產變賣。」

「可是資不抵債，除非有人投資！」

會議室中，所有人都默默不語。在場人士表現有投資紅星的意願的，無非是看有便宜可占。此刻，經李傑一算賬，紅星卻成了誰接手誰倒楣的東西。

李傑還是不說話，他不可能表現得太積極。如果他立刻接受紅星，這些在場的老狐狸肯定會發現李傑的小把戲。

雖然他們都派人調查過，但都是淺嘗輒止的調查，如果他們深入下去，那肯定會露餡，那麼，李傑的算盤就打不成了。

「醫院的固定資產大約三百萬，如果拍賣了，恐怕也僅僅夠工資與賠償金的。」省長身邊的秘書小聲說道。其實誰都明白，如果拍賣的話，能賣上兩百萬元就已經謝天謝地了。固定資產一向都是很難出手的。

省長又何嘗不知道呢？他此刻非常犯難，於是側頭小聲對張凱說道：「怎麼辦才好？」

「紅星醫院位置重要，不能倒閉，否則，附近居民看病將成爲難題。按照路程計算，如果急診的話，必須去紅星醫院。醫院不是盈利機構，我們必須保住它！」張凱說道。

省長覺得這話很有道理，醫院就是救死扶傷的地方，不能爲了這麼點錢，讓百姓看病成爲難題。

他又轉過身對副市長說道：「財政款項裏能不能補貼點，政府注資金保住這個醫院。」

副市長是代替市長來開會的，剛才張凱的話他也聽到了，他認爲很有道理，但是他畢竟是一個副手，雖然是省長開了金口，但是他依然不敢做出決定。

「財政很困難，但是如果硬要擠出來的話……」

看著副市長那爲難的樣子，省長有些不爽，這些年輕的官員讓他很看不慣，做事瞻前顧後。像這樣的事情，在他眼中，就應該不假思索地立刻決定。

「就這麼決定了，政府出資幫助紅星還一些債務，但是要以入股的形式擁有醫院的一部分資產。我希望你們在座的各位發表一下意見，或者有願意幫忙解決困難的，請站出來！」

會場安靜得連呼吸聲都沒有，幾個醫院的院長都把頭埋得深深的。從現在的情形看，誰都不會傻到來買這個醫院。

現在幾乎所有醫院的資金都不多，他們大多數的錢都用來購買先進的儀器設備了。特別是最近幾年，先進的儀器設備接踵而至，CT、核磁共振機先後被發明出來並且投入生產。這些醫院也不管是不是能夠真正用得上就去購買。

一些大醫院也都在積攢著資金，準備投入到購買更新的儀器的熱潮中去。

「銀行的貸款將由政府負責！」

會場依然安靜，還是沒有人願意接受這個爛攤子。按剛才李傑報的數，算算拖欠的工資和患者要求賠償的錢，大家都估計得出已經超過了醫院的總價值。

「還是由我來繼續管理紅星醫院吧！」李傑突然說道。

「我覺得由他繼續管理是一個不錯的方法！」張凱說道。

「可是資金怎麼解決？」副市長插嘴說道，他害怕省長要繼續從市裏抽調資金。

「就這麼決定了，政府注入部分資金。李傑繼續管理紅星醫院，先穩住他們，資金日後再說。散會！」省長揮手決定道。

眾人紛紛站起來，準備離開，但是李傑跟張凱卻依然坐著不動。

「等等，我還沒有說完，我的意思是我完全接收醫院。」李傑的話讓所有人呆立當場，有些人已經明白了，這個貌似老實的傢伙早就準備好了，他今天的目的就是接收這個醫院。

「好的，就這麼決定，李傑繼續管理紅星醫院，資金自籌。」

李傑成功了，雖然這些人不知道李傑為什麼要接這個爛攤子，但是隱約能猜到，這個爛攤子裏肯定有什麼。

現在他們說什麼也沒有用了，剛才這些傢伙給省長的印象太差了。而李傑則是省長眼中的可愛救火隊員，是一個值得信賴的傢伙。

領導最喜歡能幹的手下，省長很欣賞李傑。紅星醫院的事情被李傑解決了，所以李傑被破格提拔為紅星醫院的院長。

李傑現在成了一個小醫院的院長，也算是一個領導了，同時，他沾染了一些領導的習慣，喜歡能幹的手下。

紅星醫院可謂重生了一次，百廢待興。李傑根據醫生們前段時間的表現，分別提拔了一批年輕的醫生擔任各項職務。

醫院中的醫生目前嚴重缺乏，超過一半以上的醫生離開了紅星醫院。李傑必須考慮如何應付醫生緊缺的局面，以及護士的大量缺乏。

但是這都不是最重要的，目前要解決的是關於賠償的問題，眼前那些鬧事的人已經嚴重影響了醫院的正常營運。

紅星醫院門口，示威人群已經散去，韓磊幹得很出色，他安撫了醫院的職工，同時也安撫了那些患者和家屬們。

可是人總是貪婪的，當金錢與誘惑擺在他們面前時，個別沒有良知的人就會動搖，忘記了恩情，忘記了感激。

韓磊本意是帶領他們做做樣子，並不是真的要賠償，但是有一些人在知道可以索賠以後，內心被貪婪所控制，竟然真的要求醫療事故賠償。

當院長總要有一個院長的樣子，院長辦公室裏終於恢復了以前的樣子，黑板讓李傑給撤下去了。

此刻，李傑正趴在桌子上整理資料，他是一個醫生，對於手術以及疾病診斷還是有一手的，但是對於管理一個醫院卻感到很困難。他在醫院幹過很多年，本以爲做院長很容易，可是現在看來卻不是那麼回事，各種瑣事太多，一天到晚忙得焦頭爛額。

「砰砰砰」的敲門聲又響起了，李傑一聽到敲門就頭大，不用多想，肯定又是下面的醫生來給李傑增加工作來了。

隨著一聲「請進」，門開了，進來的正是韓磊，李傑最得力的手下。幾天來，他一直都在爲了紅星醫院的事情奔走，年輕的臉上已經略顯疲憊。

「辛苦了，來，坐下休息一會兒。」李傑說。

「哎，搞不定了。二院的傢伙們太可惡了，總是在背後搞鬼。上次的事情我就懷疑是他們幹的……」韓磊自顧自地說著，埋藏壓抑已久的怨氣全部爆發了出來。

韓磊所說的二院就是D市的第二人民醫院，與他們醫院距離最近，競爭也最爲激烈。在李傑到來之前，紅星醫院與二院就已經有了不少的摩擦。

這次紅星醫院遇到麻煩，最高興的肯定是二院，所以不僅僅是韓磊一個人，幾乎所有的人都覺得二院就是害紅星醫院的罪魁禍首。

首先是醫院內的未知感染，以及各種消毒藥物的失效；其次則是煽動示威活動人員假戲真做。這些人多數開始的時候並不是真想要賠償，但是在經過煽動以後，他們卻真的認為應該索要賠償。大多數紅星醫院的醫生認為這些都是二院搗的鬼，是他們在挑撥離間。

「總會有辦法的，先穩住他們，將他們的賠償金額做個統計！要連繫律師，不能對這些索賠的傢伙退讓一步。」李傑說。

「這樣沒良心的傢伙就不應該管他們，雖然他們很可憐，但是更可惡。那群傢伙們不要讓他們看病，他們病情重了，被我們治好了，還相信二院那群傢伙，我們要讓他們知道，紅星不是這麼好欺負的！」

「不要擔心，我有計劃了。韓磊，幫我收拾一間員工宿舍，我準備搬進來。」

院長住員工宿舍成了紅星醫院最大的新聞。院長是什麼人物！管理著上百名醫生和護士，負責著幾萬人生命健康的大人物！竟然住員工宿舍！

李傑就是這麼一個不可思議的傢伙！省長在那個會議上對其他所有的院長都失望了，最後將醫院交給了李傑。

當然他也可以交給別人，但經過張凱的建議，醫院還是給了李傑，原因則是：李傑是醫療系統的人，紅星未知病毒的亂子不會再出現了；再者，李傑的能力真的很強，而且資金上也沒有問題。

其實資金本來就沒有問題，銀行的貸款是三年以後才需要還的，至於員工的工資，李傑已經承諾兌換成醫院的部分股份收益，所以真正需要錢的是患者的賠償一事。

而這個賠償是李傑自己一手導演出來的，而且給賠償也是他願意的，畢竟這些人真的受到了很多無謂的傷害。

紅星醫院的宿舍很爛，破得不成樣子。以前醫院雖然有錢，但是院長和很多大資本家一樣，不肯在員工的福利上下功夫。

雖然紅星宿舍很小，也很破舊，但醫院裏很多都是年輕的單身醫生，員工宿舍價格便宜，距離上班地點又很近，所以成了他們的首選地。

貧窮的生活總是會過去的，李傑一點也不擔心未來。別的他不知道，但是紅星的發展他卻有百分之百的信心將它帶到一個新的高度。

當院長很是無聊，一個人在獨立辦公室裏，連個說話的人都沒有。在醫院裏，因爲身分的原因，很多人都不願意跟他多說什麼。

雖然李傑是一個很隨和的人，也平易近人，但是畢竟大家和他接觸的時間很短，對他的瞭解還不是很深。人與人之間開始總是有著戒心的，李傑也不擔心，時間久了，大家自然會明白他是一個什麼樣的人。同時，D市的患者也會瞭解到紅星是一個什麼樣的醫院。

此刻，醫院的病房裏卻有一群被欲望控制了的人，一群被蒙蔽了雙眼的人，他們在病房裏激動得大聲吵鬧。

病房本來是很安靜的地方，但是因爲這些人的存在，醫院變得如菜市場一般嘈雜，還好現在是醫院停業休整期，幾乎沒有什麼患者。那些治癒的患者幾乎都離開了，剩下的重病患者則轉院了。

吵鬧的人不多，只有不到百分之二十的人。大多數人還是放棄了索賠。這讓李傑感到很欣慰，如果所有人都要求索賠，那李傑會覺得很心寒。

對那些吵鬧的人，李傑覺得他們全是狼子野心的傢伙，根本不值得救。而對其他人，李傑認爲好人應有好報，他爲這些好人準備了大禮。

那些人爲了感恩，放棄了索賠，可是李傑卻不能讓他們白白受苦。當然，這份禮物李傑還沒有送出去。這個時候還不是好時機，因爲這事如果被那些索賠的傢伙們知道了，恐怕又要出亂子。

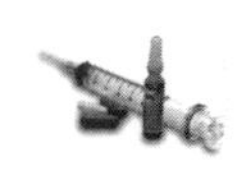

「說什麼也沒有用。你們都答應賠錢了，醫壞了人不能就這麼算了！」

「說得是，我們可不是那麼好欺負的！把你們院長叫出來。」

「你們有沒有良心，如果不是李院長出頭，可能你們的家人到現在病還沒有好！而你們說不定已經在監獄裏了。」夏宇紅著臉吼道。此刻，瘦弱的他卻毫不畏懼。

世界上有這麼一種人，爲了自己的利益可以出賣一切。這些人一涉及自身利益，就什麼情分都不講了。

「我們可不管，這都是他應該做的，說什麼都沒有用。」

夏宇氣得渾身發抖，指著其中的一個人說道：「老張，如果不是李傑院長，你的妻子現在已經死了。你怎麼能這麼做？」

「如果不是你們，我的妻子也不會病倒！」

「別吵了，你們有什麼要求就直接說。不過，在這之前，我要先說一件事！」李傑在這個時候出現在大家面前。

他的出現讓其中的幾個人很尷尬，畢竟李傑救他們家人的事情近在眼前。昨日還是救命恩人，今天卻變成了仇人。

「說吧，說什麼都沒有用，我要賠錢！我妻子那麼小的病現在都成什麼樣子了？」老張說道。

「如果沒有我，你的妻子恐怕會死在拖拉機上！」李傑冷冷地對著老張說道，然後他又轉身對所有人說道：「至於賠償我會給，但是不會給錢！」

當聽到賠償的時候，這些人眼前一亮，以為有戲，可是聽到不給錢的時候，又立刻惱怒起來。

「你要我們是不是？」

「當然不是，醫院沒有錢，能給你們的就是免費醫療了。」

「什麼意思？我們又沒有病，怎麼給我免費醫療？」老張問道。

「現在沒有病，不代表以後沒有病，誰都有生老病死，我可以承諾給你們未來免費醫療，就如同保險中的醫療一樣。」

李傑的話讓眾人議論紛紛，大家都不知道應該如何是好，其中有一些人已經動心了，又有一些人不相信李傑。

「我可不相信你，以後的事情誰能保證？你必須按照規定辦事。」其中的一個人問道。

在李傑正要回答的時候，一個醫生卻慌慌張張地跑了進來，對李傑說道：「十七號床的患者不行了，經過診斷，需要立刻手術，功能衰竭，已經昏迷。」

「十七號患者？難救，她的肝臟病不是在我們醫院得的，沒關係，送去二醫院吧！」李傑淡淡地說道。

此刻，李傑的樣子像極了一個混蛋醫生，一個爲了錢而出賣良心的混蛋醫生。

「你怎麼能這樣？這裏不是醫院麼？」人群中有人質問道。

「好的。誰是十七號床的患者家屬，患者需要手術。」

「我是，求求您救救我太太吧！」老張帶著哭腔說道。

其他患者和家屬們發現這個患者的家屬是老張的時候，不由得爲他擔心起來。

剛才鬧得最凶的就是他，這會兒他的妻子竟然出事了。再善良的好人也有發怒的時候，剛才李傑的話已經很明顯，他鐵了心想報復。此刻，老張的樣子顯得焦急不安，看上去是很害怕李傑不救人，怕因爲自己的貪欲而毀掉了妻子的命。

誰都不是聖人，誰都有生氣的時候，再說兔子急了還咬人呢。更何況李傑，他本就年輕，年輕人通常衝動易怒。很快地，那些吵鬧的患者和家屬就發現他們的擔心是有道理的，李傑淡淡地對老張說道：「患者的這個病是自己本身具有的，我們沒有理由無條件治療。並且她因爲這個病住院已經花費了很多住院費、醫藥費，加上這次手術，你必須付錢！」

「你怎麼能這麼做？救人要緊，先做手術不行麼？」

「你們不是說要按規定辦事麼？你可以不顧一切地按照規定要求賠償，我們就不能按照規定來要求醫療費麼？」

李傑的話讓這些人羞愧，剛才說按照規定辦的是他們，這會兒他們又有什麼理由要求法外容情呢？

記得一個罪犯說過，教育沒有用，說得再多也沒用，把人放到監獄裏待幾天，就什麼都改變了。

這次的事情再次驗證了這個觀點，老張很快就服軟了，再也看不見他那囂張的樣子。

「李傑院長幫幫忙，你不是說可以免費醫療麼？我立刻就同意，這就權當第一次吧。」老張一臉堆笑道。

塞翁失馬焉知非福？攤上這等醫療事故，本是件很倒楣的事，但是卻遇到李傑提出的類似於醫療保險的免費醫療承諾。

眼前的例子讓他們立刻醒悟過來，機靈的人已經立刻表態，表示願意加入到免費醫療中去。不過，還有個別比較頑固的，沒有說話。

「立刻準備手術。另外，清算一下剩下這些人的賠償金額，按照病情來算。另外要注意他們致病的原因，到底是不是我們醫院的病菌導致的。」李傑轉頭向夏宇說道，然後立刻轉身走了。

「等等，我們如果算免費醫療，是不是終身免費啊？」

「根據賠償金額來算吧！不過手術結束之前同意的，我會考慮終身全免。」

李傑的話很起作用，在走出房門之前，就有人響應了，然後又是一連串的相應聲。

很多人做事情沒有主見，總是被外界所影響。如果沒有人帶頭鬧事，他們恐怕也就不會要求賠償，如果沒有人回應李傑，恐怕他們還不會這麼快就答應李傑的條件。

人群中有幾個人猶豫不決，但是已經不重要了，不過是三、五個人而已。患者的情況都在李傑的掌握中，就算打官司，李傑也不怕，全額的賠償也不會有多少，起碼他付得起這個價錢。

在這一次事件中，畢竟患者最後安然無恙，在過程中所受到的不過是多餘的痛苦以及誤工費而已。這些人多是農民，所以事情還是比較好處理的。李傑心想，雖然這件事對他有利，但卻還是覺得悲哀。

本來李傑是狠不下心的，但是這幾個人明顯的是白眼狼。他們幾個的家屬傷得並不重，都是看到有便宜可以占來無理取鬧的。

「好了，我改變主意了，現在開始統計終身的免費醫療吧！」李傑頭也不回地說道。夏宇也離開了，一會兒，他就變戲法似的拿來了一疊合同。

走出辦公室，李傑頓時覺得一陣輕鬆，他剛才很害怕這些人堅持著要求賠償。如果全額賠償，李傑無論如何是沒有辦法拿出錢來的。

上天再次眷顧了李傑，他成功了。終身的免費醫療可能會在十幾、二十年以後付出更多的錢，但是這已經不重要了，到時候，醫院會發展得很大，不會在乎那麼一點錢。

第五劑

牆頭草的去與留

一個光有醫術而缺乏醫德的醫生，就像是一個隨時都可能爆炸的不定時炸彈一樣，
如果單單只是毀了他們自己，也都無所謂，那是他們咎由自取，
如果他們傷害到其他人或者紅星的聲譽，那可是李傑最不想看到的結果。
醫生的醫術可以培養，但是醫德卻不是那麼容易培養的。
一個人的性格以及道德品質，通常都是在很小的時候就養成了。

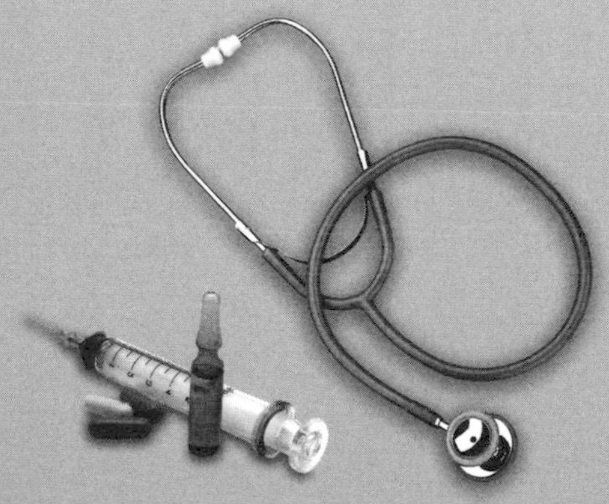

手術室內沒有了往日的緊張，醫護人員們甚至在一起說說笑笑地聊著天，此情此景，讓人覺得像肥皂劇的片場，手術室變成談情說愛的場所。

「手術室裏怎麼能如此散漫？都給我嚴肅點！」李傑推門進來說道。

李傑的聲音把他們嚇了一跳，很多人已經緊張地站了起來，但是很快他們又坐下了，其中更是有人對李傑說道：「上樑不正下樑歪，院長你不也就隨便地這麼進來了？」

「啊？我忘記穿衣服了，竟然讓你們發現了，我要滅口！」李傑先是裝作害羞，然後又假裝兇惡地說道。

一句玩笑讓剛才有些緊張的氣氛活躍了起來。醫院裏的醫生都是年輕人，與李傑差不了幾歲。可是李傑畢竟是院長，是領導，地位上的差距拉開了他們的距離，不過，今日起，大家都覺得李傑更多的時候是一個很友好的同事，並不會因爲他是院長而疏遠他。

「我們要待到什麼時候啊？」在眾人說笑的時候，躺在床上的患者問道。

「張大嫂，你休息一會兒，大約兩個小時就好了。」李傑安慰道。

手術室外，老張一臉焦急地等待著，他所擔心的不是妻子的病情，而是在擔心自己的演技。其實，從一開始，他就是李傑布下的棋子。

他妻子裝病也是李傑設下的局，如果不讓其他患者和家屬看看，恐怕他們還不會服軟。

老張在焦急地等待著，而其他人則在看著老張妻子的醫療費用單。

「八萬三千六百七十二元！」一人驚訝道。

「這麼多？多虧我們答應了免費醫療，要不然，我們以後得病了，怎麼付得起這樣的費用？」另外一人僥倖地說道。

手術室的門開了，李傑同往常一樣笑著走了出來。他聽到了剛才的感歎，的確，這些錢在這個年代是一個天文數字。

「不用擔心了，你們未來就算醫療費八十萬也沒有關係！」李傑自信地說道。

他此刻的話不僅僅是對這幾個人說的，同時也是對自己說的，李傑想要的就是讓所有的人都看得起病。

此刻，免費醫療不過是一個試點。一個開始，想讓所有的人都看得起病，靠免費醫療肯定不能完全做到，不過，他的構想已經邁出了第一步。

賠償款的問題就算是先告一段落了，李傑所定下的免費醫療也許以後會發揚光大，但是現在絕對不行。

目前紅星醫院問題很多，最迫切的問題，就是醫院的人手問題。在上一次的醫療事件中，紅星醫院的醫生走了很大一部分，導致了醫院的人手緊缺。

護士還好，李傑又錄用了一批，不過都是年輕的沒有什麼經驗的，還好醫院裏還留有很多老護士，以老帶新的方式可讓這些年輕護士迅速地成長起來。

在醫院的危機解除了以後，一部分醫生自己回來了，這讓李傑高興，也讓他苦惱。不用他們，那是浪費人力資源，如果用他們，卻又難以服眾，畢竟他們都可以算得上是叛徒。

此刻，這幾個醫生穿戴整齊地站在寬大的辦公桌前，看著眼前的這個年輕人。

他們有點不敢相信自己的眼睛，眼前這個其貌不揚的黑小子，應該是一個手握鋤頭、面朝黃土背朝天的農村小子，怎麼看也不像是一個解決了紅星危機的代理院長。

這個代理院長的相貌讓人失望，但是沒有人敢小看他，因爲他的經歷實在是太過輝煌，太過耀眼了。

現在的院長辦公室，和以前的樣子比，有了很大的改變。在李傑的改造之下，原本辦公室裏那些奢華無用的傢俱，被幾個巨大的書櫃給代替了。

那滿滿當當的書櫃，讓人感覺到這間辦公室的主人應該是一個博學之才，或者是一個愛裝讀書人樣子的人。

這間辦公室堆滿了書，更像是一個學者的辦公室，而不像是一個院長發號施令的地方。

這裏的書，李傑也是會看的。醫生就是這樣，活到老學到老，優秀的醫生每天都會看一段時間的書。

李傑看著眼前的幾個醫生。沒有說什麼，只是和站在一旁的韓磊相視苦笑了一下。這幾個醫生原本就是紅星的，在醫院出了事情以後，便悄悄溜了。直到李傑把所有的善後事都處理好以後，他們才回到紅星。

李傑心想，其實也不能怪他們，看到自己坐的船快要沉了，人一般有兩種反應：一種就是留在船上，想辦法挽救。還有就是，趁著船還沒有完全沉沒的時候，找一艘更大更安全的船。不能要求每個人都是道德高尚的君子，也不能要求每個人都在危難時刻留在這裏。

幾個醫生站在那裏，心裏七上八下的，院長這次沒有找他們幾個回來，但是他們自己卻回來了。

他們在來的時候聽說了關於合同違約金的事兒，所以心裏忐忑不安。此刻，他們每個人都在恨自己，當時如果留下，也不用這麼擔心了。

他們都是剛工作不久的年輕人，在紅星醫院出事的時候離開紅星也是沒有辦法的選擇，如果當時留在紅星的話，不知道會發生什麼樣的事。光是那個不知道從哪裏冒出來的感染源，就讓這幾個年輕醫師直冒冷汗，所以他們就直接選擇了逃避。

違約金看來是逃不過去了，幾個醫生也都是心知肚明。

李傑看著不多的幾個醫生，又低頭看了看韓磊放在桌面上的幾份合同，頗有些無奈。不過，既然這幾個醫生站在自己這個代理院長的面前，說明他們還是有點良知的，最起碼他們自己回來了。

這也是一件讓李傑感到有點安慰的事，他並不指望所有逃跑的醫生全部回來，不過，對這些自己還沒有動用手段相逼，就自覺回到紅星的醫生，他已不再像以前那樣生氣了。

另外還有一部分人，在李傑的召喚下也沒有回來。這幾個醫生，沒有足夠的錢來交違約金。他們都是年輕醫生，離開紅星並沒有找到合適的工作。

那些李傑要求交違約金的，都是紅星曾經高薪聘請來的名醫，可惜這些名醫，都是典型的有醫術沒有醫德，著實讓人失望透頂。

「那個，院長……」離李傑最近的一個梳著中分頭，有著細小眼睛，胸前別著「劉東」胸牌的醫生，有些戰戰兢兢地問了一句。

劉東認爲，所有的人都愛聽好話，尤其是不明顯拍馬的好話，所以他這個「臨時的帶頭大哥」主動地將李傑那個代理院長的「代理」二字給自動過濾了。

李傑看著幾個面露難色，站在自己面前不停地搓著手的醫生，又看了看一直站在自己身邊的韓磊。

韓磊看著自己的這個頂頭上司，也顯得非常無奈。李傑張了張嘴，似乎想說些什麼，但是，又合上了嘴，臉上流露出一絲難辨的樣子。

李傑的表情，一半是裝模作樣，一半卻又是真實的。他恨不得將紅星醫院現在的人手，一個人劈成兩三個用，要是再把這幾個醫生拒之門外的話，那李傑自己可就真是變成三頭六臂也忙不過來了。

眼前的醫生是讓他又愛又恨，把這幾個醫生趕出去吧，醫院的人手確實是不夠用了，要是留下，可是這幾個醫生的所作所爲，也太讓人失望了。

李傑偷偷地用眼角瞄了一眼韓磊。韓磊雖沒有把「不喜歡」這三個字寫在臉上，但是，那副表情彷彿就是在抱怨「那幾個就是叛徒」。

一時之間，院長辦公室裏只剩下李傑「咚咚」敲桌子的聲音和牆上掛鐘「嘀答」的走動聲。這些聲音反射到天花板上，在四周高大的書櫃上彈跳著，然後又像炸雷一樣傳到幾個醫生的耳朵裏。

幾個醫生站在辦公桌前，額頭開始冒出密密麻麻的細小汗珠，汗珠漸漸地聚集起來，順著臉頰，彙聚到下巴上，緩緩地滴落在地上。

雖然說醫生應該是一個堅持無神論的人，可是，這幾個醫生都不由自主地在心裏默默祈禱著，希望這個李傑院長千萬不要說出什麼「都給我滾蛋」之類的話。

他們都在心裏盤算著，走人倒是好辦，拍拍屁股，抬腳便走就是了，可是以後的生活怎麼辦呢？這裏除了幾個被其他醫院高價挖走的醫生，自己這些算不上是什麼人物的蝦兵蟹將，離開這裏可是沒有什麼好去處啊。

李傑對自己的恐嚇效果很是滿意。他希望這幾個牆頭草留下來。不過，要是這麼輕輕鬆鬆地就把這幾個醫生留了下來，那以後自己在紅星說話可就有點麻煩了。

李傑將手裏的鋼筆放在一邊，抬起頭來，目光凌厲地看了看。

幾個醫生看到李傑將手裏的鋼筆放下，心裏面「咯噔」一聲，有一個更是腳下一軟，差一點就倒在地上了。

完了，完了，看來這個院長考慮好了，要打算將我們幾個「秋後處決」了。帶頭的中分頭下意識地抹了一把頭上的冷汗，回頭看了一眼。

站在他身後的幾個醫生也是一臉的死灰樣，和地下室冷櫃裏的屍體臉色沒有什麼差別。他們要是被院長一句話給開除了，那以後的生活可就非常難辦了。

「你們……」李傑拿著一份合同，漫不經心地說道，還看了一眼一直站在一邊沒有說話的韓磊。

「院長，你把我們留下！」劉東剛聽到李傑說了兩個字，便迫不及待地表了態，語氣懇切得就像是一個走投無路的通緝犯一樣。

在韓磊看來，那個架勢就好像是李傑若是不答應，這個醫生就要拿著手術刀把自己給解剖了一樣。

「這個……這個還有些難辦！」李傑也是一臉的無奈。誰知道這幾棵牆頭草，以後還會不會和這次一樣。

當聽到李傑說難辦的時候，站在劉東身後的幾個醫生紛紛大表忠心，就差歃血爲盟、斬指立誓了。李傑沒有說話，只是從辦公桌最下面的一個抽屜裏拿出幾份合同，挨個排在寬大的辦公桌上，丟下了一句「自己看」，便踱到書櫃的跟前，去打量書櫃玻璃上自己那淡淡的影子了。

幾個醫生大喜過望，拿起幾分合同，只是粗略地看了幾眼，便毫不猶豫地在合同的最末尾簽上了各自的大名。現在有這麼一份工作的機會擺在自己的面前，要是再不知道珍惜，那以後失業了，也就怨不得別人了。

機會總是向有準備的人招手，上一次紅星危機的時候，劉東這幾個人就是因爲準備不足，錯誤估計了紅星的形勢，讓自己可以升職的機會就這樣溜走了。這一次，劉東他們可不想再犯這樣的錯誤了。

「院長，你……」韓磊看到幾個醫生爭先恐後地簽名，心裏就說不上是什麼滋味。對於這幾棵牆頭草，韓磊也是恨得牙癢癢，恨不得把這幾個醫生給掛到紅星的門口，讓全院的醫生都看看這幾個醫生的真實面貌，可現在又不是時候。

紅星的人員缺口，他比誰都熟悉，以現在紅星的情況來看，添個猴子都會多幾分力氣，更別說幾個醫生了。

「院長，他們的工作……」韓磊挪到李傑的身邊，悄悄地問了一句。在他看來，不好好地收拾一下這幾棵牆頭草，就難以讓自己心裏舒服一點。

「這個事，你比我熟悉！」李傑看著韓磊，皺了皺眉頭，讓自己黝黑的額頭上皺出幾道抬頭紋，然後用手摸了摸，有些可憐兮兮地說了一句，「我怎麼覺得我有點老了。」便不再說話。

韓磊看著站在書櫃前，不斷地摸著自己抬頭紋的李傑，有點無奈，不過他還是挺高興的，有了這幾個醫生，紅星的人手算是湊合著可以用了。不過，鑒於紅星的規模，還是需要再招上一批人手。

「那些是什麼？」韓磊不知道桌子上合同的詳細內容，所以指著它們，悄悄地向李傑問道。

「給他們的懲罰！」李傑輕描淡寫地說了一句。

合同的內容，是李傑親自起草的，那些條款不外乎是讓這裏的醫生遠離門診一段時間，順便扣那麼一點點工資，還順便讓他們多帶一帶那些新來的小護士。

「好了，你把這些合同也整理一下，順便給他們找點活幹！」李傑將桌上的一份合同遞給韓磊，便轉身坐到了椅子上，瞇起眼睛，雙手抱著肚子，做著下一步的計畫。

按照合同上面的要求，這些重新回來的醫生要做的第一件事，就是在住院部好好地幹活。所以，韓磊領著幾個醫生，馬不停蹄地趕到了住院部。

在住院部，韓磊將手裏的合同翻來覆去地看了幾遍，發現這根本就不是什麼合同，完全是一個懲罰工作計畫表。

李傑讓這些牆頭草簽訂的這個合同，完完全全就是把這些牆頭草給賣了，還要讓他們替李傑數錢。

「韓院長，真是多謝你了，我們一定好好工作！」劉東拉著韓磊的手，不停地搖著，感激之情溢於言表，差一點就要把韓磊的胳膊給拉斷了。

「你們的工作……」韓磊站在住院部的大廳裏，向幾個醫生佈置著各自的任務。韓磊感覺，現在自己就像是一個萬惡地主老財的手下，在指揮著幾個剛回來的長工。李傑的懲罰其實也不算是什麼難事，用一個字可以高度概括：「累！」

先是在住院部整理那些亂七八糟的病歷，還要認真地教那些剛剛參加工作不久的小護士如何看護患者，如何做這做那。想想李傑那狡猾的眼神，韓磊的心臟都跳快了幾下。

院長辦公室裏的李傑正在苦惱中，雖然回來了幾個人，但是醫院的人手依然不夠。他甚至動用違約的懲罰令來召喚那些醫生回來。

李傑隨手拿過一份名單，將眉頭用力地皺了起來。他一隻手拿著鋼筆，不停地在合同上「咚咚」地敲著。

名單上的幾個醫生，看得李傑直皺眉頭，這上面沒有來的醫生，基本上是各個科室的主任醫生。

看來他們都是那種找到了新東家，而且手裏還有一筆錢，打算交違約金的傢伙，或者是他們對違約金這檔子事壓根就不在乎。畢竟這個時代，合同違約的還是比較少，很多人沒有違約受懲罰的意識。所謂不見棺材不落淚，說的正是他們。

李傑拿起電話，打給了已經聯繫好的律師。他決定直接通過法院來解決這個問題了，這些人李傑並不打算要他們。

一個光有醫術而缺乏醫德的醫生，就像是一個隨時都可能爆炸的不定時炸彈一樣，如果單單只是毀了他們自己，也都無所謂，那是他們咎由自取，如果他們傷害到其他人或者紅星的聲譽，那可是李傑最不想看到的結果。

醫生的醫術可以培養，但是醫德卻不是那麼容易培養的。一個人的性格以及道德品質，通常都是在很小的時候就養成了，李傑不認爲自己是一個聖人，不認爲他可以改變這些臨陣脫逃的傢伙們。

在紅星最危難的時刻留下的醫生，李傑都無一例外地將他們提拔了上來，他們的醫術可能會有欠缺，但是他們人品端正、醫德高尙，都是可以培養的人才。

李傑覺得，醫德是一個做醫生的人最起碼的道德規範，醫術好不好，最終還與醫德密切相關。那些逃跑的醫生，他們的良好醫術也是不會長久的，但是留下來的醫生就不一樣了，當一個醫生以自己的醫德爲前提的時候，他會用盡自己的力量來提高醫術。這樣，他的醫術會一直處於一種提升的狀態。

另外，李傑還留下了胡澈在這裏坐診，並且專門給他配備了一個診室。有胡澈統領全局，應該不會出現什麼醫療事故，李傑也就放心這些年輕的醫生了。

李傑一步步將醫院掌控在手中，雖然忙得天昏地暗，但是他卻一點也不覺得累。

快樂的李傑讓安德魯看得直搖頭，但是他又不忍心來打斷李傑的工作。在安德魯看來，李傑是走上了歧途。一個醫學工作者應該將精力用在研究上，而不是醫院的管理上。可是他不會跟李傑說這些話，因爲他知道李傑肯定會告訴他，自己作爲醫生，一天做一台手術只能救一個人，如果擁有一個醫院，一天卻可以做無數的手術，救無數的人。

當然，李傑也不打算放棄臨床工作，他覺得畢竟自己更本質的職責是個醫生，而不是管理者。

第二天，李傑一大早就去了一趟住院部。看著幾個身影，他的嘴角微微地翹了起來。紅星的住院部現在是紅星最爲繁忙的地方，被李傑下放的幾個醫生，正努力地將一堆堆病歷，按照科室，一份份地分門別類整理好。此外，旁邊還放著一些需要他們重新抄寫的病歷。

幾個抄寫病歷的醫生，甩了甩有些發痠的胳膊，看著和小護士打成一片的另外幾個醫生，也都暗自地慶幸著。

那幾個忙著教護士的醫生，也都是一臉的無奈，本以為自己撈了一個好工作，可以和幾個長相水靈的護士打打鬧鬧，沒有想到，這個教護士的工作還真不是什麼輕鬆的活計。

科室原來那幾個沒有走的老資格護士，也不知被韓磊副院長分派到什麼地方去了，只剩下一群新護士。

剛開始，劉東和幾個醫生十分樂意接受了韓磊分派給自己的任務：帶領這一群新人小護士。可是沒有過多久，便一臉苦相地要求更換工作了。

其他幾個忙著抄寫病歷的醫生則堅決反對，劉東和幾個醫生只得恨自己一時色迷心竅，無奈地重新回到了那一群鶯鶯燕燕、嘰嘰喳喳卻又工作生疏的新人小護士裏去，強忍著一肚子的苦水，繼續自己的教學生涯。

李傑對這些被自己下放的醫生的工作感到滿意，在住院部轉了幾圈以後，他接著便向自己的辦公室走去。他可不想看著手下忙忙碌碌，而自己卻無所事事，院長麼，就要有院長的派頭，雖說不能和以前自己在學校附屬醫院那樣，但也要盡職盡責。

本來李傑也想和那個胡澈一樣，把白大褂的扣子解開，像風衣一樣地穿著，不過，想了想後，還是徹底地打消了這個念頭。

胡澈醫生把白大褂當風衣穿，再加上胡澈長相比較好，總的看來，那是拉風。要是李傑把白大褂當風衣穿上，配合著他那一張未老先衰的黝黑面容，那麼，在旁人眼裏看來，就是十足的抽風。

韓磊笑著和李傑打了一聲招呼，抹了一把頭上的汗，繼續和面前一疊疊合同做艱苦卓絕的鬥爭。

看著韓磊忙忙碌碌的樣子，李傑對自己的眼光還是挺滿意的。自從到紅星以後，韓磊這個副院長兼自己的得力助手都是盡職盡責地完成著李傑安排下來的任務。

就在李傑找出幾分合同，打算開始一天工作的時候，院長辦公室的門被人推開了。這是一個四十歲左右的男人，禿頂，周圍的一圈兒頭髮，十分忠實地執行著「地方支援中央」的最高「指示」，胳膊下夾著一個不大的包。

也不知是不是在頭髮的「感召」下或者其他原因，他的兩道眉毛也呈現跟隨頭頂頭髮離去的勢頭，一雙不是很大的眼睛，在鏡片後面眨巴著。

「李傑院長，我是來交違約金的！」說完，他便將一個寫有「陳志峰」的胸牌和以前的合同，還有厚厚的一疊錢，都一起放到了李傑的桌上。

陳志峰的臉上一點表情都沒有，就好像在說：違約金給你，趕快把合同終止！就在昨天下午，他接到了一個律師的電話。律師聲稱，如果不完全繳納紅星的違約金，紅星將訴諸於法律，對於吃官司來說，陳志峰更加傾向於向紅星繳納一定數量的違約金。

李傑抬起頭看著陳志峰，摸著嘴角，搖了搖頭，看來這個一臉不耐煩的傢伙，應該是找到了一個自認爲比較好的東家了吧。

李傑看著陳志峰繳納的違約金，暗自估計了一下幾個沒有來繳違約金的醫生所需要繳納的數目，心裏才有些鬆了口氣。如果所有的違約醫生把違約金都繳齊的話，紅星還是可以將資金缺口彌補上一部分的。

既然這個陳志峰已經是工作有著落了，李傑也沒有多說什麼，像這種朝三暮四，見風就倒的牆頭草，即便用合同也好，法律手段也罷，讓他留在紅星也沒有什麼用。

李傑也沒有心情和他說話，只是讓韓磊把陳志峰的合同都找了出來，然後簽字，留下了違約金。

李傑已經從韓磊那裏知道，從紅星跳槽的醫生，和眼前的這個陳志峰一樣，有很大一部分都到了二院。那些醫生的違約金的事，有必要讓陳志峰去和他們說說，免得等到自己起訴時，他們還一個個都推說不知道。

李傑就在和陳志峰一起轉過拐角的時候，看到了胡澈那分外拉風的身影。陳志峰嘴角一翹，笑了笑，向著胡澈的方向走了過去。

「怎麼？胡澈你還有自己的門診室啊？」陳志峰拍著胡澈的肩膀，看著門診室上掛著的那個寫有胡澈名字的門牌，玩味著向胡澈問了一句。

陳志峰說這句話的時候，語氣裏充滿了不屑，彷彿胡澈擁有自己的一間門診室是一件多麼不可思議的事情一樣。

原來，兩人是舊識，在上學的時候，陳志峰便和胡澈有些不可調和的矛盾。這個矛盾一直到現在也沒有化解，也是不可能化解的。

胡澈看清來人以後，將陳志峰的手從自己的肩膀上狠狠地拉了下去，那玩世不恭的笑容裏面，摻雜著一絲不易察覺的凌厲。然後，他又笑瞇瞇地看著陳志峰。

陳志峰也沒有管胡澈的表情，就徑直推開門診室的門，大搖大擺地走了進去，然後一屁股坐在門邊的椅子上，仔細打量著這間門診室。

李傑看著胡澈，感覺他和陳志峰之間有一股很明顯的火藥味。對於陳志峰這種未經他人允許，就推門而入的行爲，他也看不慣，於是，李傑便拉著胡澈一起進到了門診室。

剛一進胡澈的門診室，李傑便看到了一個讓人不敢相信的畫面。李傑專門給胡澈配備的門診室裏，當中的辦公桌上，一盆文竹在陽光下舒展著自己纖細的枝條。

胡澈難得一見地將白大褂的幾粒扣子，端端正正地扣了起來，醫院配發的胸牌也規規矩矩地別在了胸前。當他跟在李傑身後進來以後，便悠然地坐在椅子上，對那個禿頂的陳志峰連正眼都沒有瞧上一下。

胡澈身後的牆上，掛著一個巨大的草書條幅。李傑看了半天，才認出那是一個「靜」字，筆走龍蛇，鐵畫銀鉤。李傑抬頭看了半天，感覺自己看著這個「靜」字，怎麼就靜不下來。他心裏覺得，這簡直比前幾天那個「亂」還要誇張幾分。

胡澈抬頭看了一眼李傑，又看看陳志峰，嘴角勾起一絲淡淡的微笑。他慢條斯理地翻著桌上的一份病歷，一邊翻著，一邊還不住地拿著手裏的筆在旁邊的一個本子上記著什麼。

「胡醫生……」李傑看著胡澈嘴角流露出來的那一絲得意的樣子，心裏便明白了七八分。這個平時走路拉風，從來不扣白大褂扣子的胡澈醫生，今天肯定又打算整人了。看來，今天倒楣的就是這個陳志峰了。

「胡澈，你也不錯麼！」陳志峰在門診室裏四下看了一圈，語氣有些奇怪地說了一句。

「那是，哪有你這個離開紅星，投奔二院，得到門診室的醫生來得舒服！」胡澈的話語裏也是暗藏刀劍。

陳志峰一聽到這句話，臉色變了幾變。他抓了抓自己手裏的皮包，對於胡澈的這句話，陳志峰無法反駁，事實都一件件地擺在那裏，反駁也是沒有用的。

對於胡澈的挖苦，陳志峰也是有點惱火。兩個人在一起學醫的時候，就是一副誰也不服誰的樣子。

胡澈看不慣陳志峰那樣的官家子弟，陳志峰覺得胡澈有點憤世嫉俗。

不過，胡澈的學習成績總是要比陳志峰的好上一大截，陳志峰對此很是鬱悶。讓陳志峰感到有那麼一絲安慰的是，胡澈的性格有那麼一點點的偏激。

在最後畢業分配的時候，陳志峰利用家裏的關係，得到了一個難得的位置，而胡澈卻因爲自己性格的原因，工作一直都不是很如意。

陳志峰也從其他的管道裏，多多少少瞭解了一些胡澈的情況，也知道胡澈這次來紅星坐診，很大程度得益於李傑的功勞。

李傑對於這種棄紅星而不顧的醫生，也絲毫沒有想給他留下一點面子。在他的眼裏，像陳志峰這一類醫生，就是典型的醫德敗壞的傢伙，和那些有奶便是娘的傢伙，本質上都是一樣的，就是一棵正宗的有醫術沒醫德的牆頭草。

對於像陳志峰這一類的醫生，胡澈和李傑都是異常厭惡，按照胡澈自己的話來說，就是「我沒有必要和一個一切向金錢看齊的醫生討論病情」！

胡澈就這麼靜靜地坐在椅子上，似乎對陳志峰沒有絲毫的興趣。他沒把陳志峰趕出自己的門診室，是想將陳志峰這棵牆頭草狠命挖苦一番。

陳志峰四下環顧了一番，看著胡澈的這間門診室，用一種不屑的態度，從鼻子裏哼了一聲出來。然後，看著胡澈那有點囂張的坐姿，他沒有說話，就這麼靜靜地看著胡澈和李傑。

不過，陳志峰沒有注意到，靜靜地坐在那裏的胡澈，原本玩世不恭的眼神裏，閃過了一絲凌厲和戲弄的神色。

胡澈透過文竹纖細的枝葉，看著李傑那張黝黑的臉，喜滋滋地從辦公桌裏面拿出一盒煙，慢悠悠地點上，深深地吸了一口，臉上的那個得意勁，不加任何掩飾地就浮現了出來。

「陳志峰，你這次算是運氣好！」胡澈面帶微笑地看著陳志峰，冷冰冰地說了一句，說完，還用手敲了敲辦公桌，似乎在強調這一點。

其實，陳志峰自己心裏也明白胡澈的話，自己這一次是有二院的領導看得上，至於那些重新回到紅星的醫生，現在正在紅星的住院部裏，拚了老命在整理著那龐大的住院資料。

而那些被李傑提拔，一直留在紅星醫院的醫生，在紅星醫院處於危機的幾天裏，可是遭受了難以承受的壓力。

自己這一次既沒有承受紅星醫院患者的壓力，也沒有去住院部整理資料，那筆數目龐大的違約金，也是二院的院長支付的。

陳志峰聽到胡澈的這句話，從牙縫裏擠出一句：「我的運氣一直都挺好的，不像有些人，上學的時候，運氣就差得要命，現在也一樣！」

陳志峰本打算交了違約金，拍拍屁股離開，沒想到，自己因爲想逗弄一下胡澈，惹得紅星醫院的新院長也對自己露出了一臉的鄙夷。

看著李傑和胡澈的樣子，陳志峰算是明白了，自己在紅星的地位已經不像以前那樣了，不過，自己在二院還是有位置可以坐的。

二院的院長親自將自己請了過去，還給自己支付了全部的紅星違約金，自己來這個地方就是來淘金的，既然在紅星淘不上了，那在二院淘金也是一樣。

怎麼說，自己也算是一個門診主任醫生，紅星醫院沒有自己的地方，那個二院還是有自己的一席之地的。

「告辭！」陳志峰氣惱地丟下這句話，便頭也不回地離開了紅星。

第六劑

血管網狀細胞瘤

在紅星醫院的Ｘ光室，郭全益按照胡澈的話，費力地蹬著一輛破舊的自行車。
而胡澈在一旁還不斷大聲叫嚷著：
「快一點，再快一點！」彷彿郭全益不賣力，胡澈就會在郭全益的屁股上踢上一腳。
在郭全益費勁地蹬自行車的過程中，胡澈一直注意著郭全益抓著車把的手，
當連續出現了幾個小的抽搐以後，胡澈便讓郭全益迅速躺在Ｘ光機的下面，
拍攝了幾張腦部的片子。
看著那個明顯的血管網狀細胞瘤，幾個腦外科的醫生都有點不太相信自己的眼睛，
其實胡澈早就知道，像這種隱秘的血管瘤，
不用上那麼一點點的小手段，
它是不會像一個聽話的小朋友一樣乖乖地出來的。

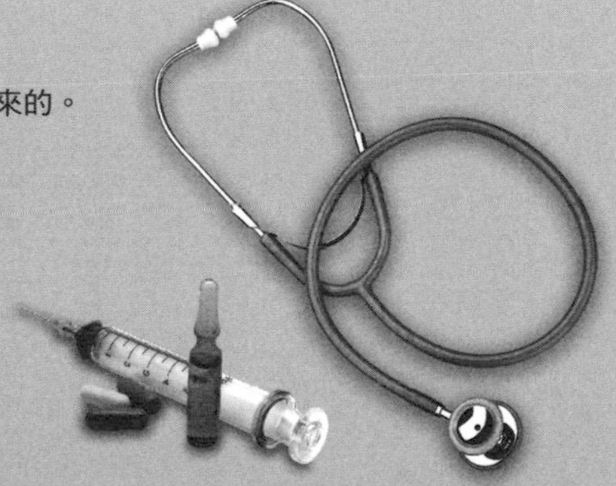

紅星醫院和往常一樣，開始了重生之後的繁忙的一天。

「胡醫生，胡醫生。」李傑推開門，向胡澈的門診室裏看了一眼，發現除了胡澈的一個新手下之外，那個走路拉風，白大褂從來不繫扣子的胡澈根本就不在。

「我扣你獎金，扣你工資，我扣死你，上班不在門診室！」李傑一邊想著，一邊向辦公室走去，還作勢握了握拳頭。

「阿嚏！」在二院的候診區，一個戴著帽子和口罩，穿著一身不太合體大衣的患者，在恒溫的室內，還是忍不住地打了一個噴嚏。

「李傑，又是你在罵我！」隔著厚厚的口罩，胡澈揉了揉自己的鼻子，然後有些不甘心地說了一句。

胡澈看著陳志峰趾高氣揚的樣子，就氣不打一處來，爲了讓那個陳志峰在二院丟面子，他胡澈可是冒著被李傑扣工資的危險來二院的。

在二院那寬敞明亮的候診區，轉悠了半天，胡澈終於找到了陳志峰的門診室。遠遠看去，陳志峰門診室的門口和其他醫生的也沒有什麼兩樣。

靠著門口兩旁的牆邊，擺著兩排椅子，幾個手拿病歷的患者，不停地將手裏的病歷搓來搓去，有些焦急地等待著。

看著三三兩兩的患者，胡澈沒有說話。他認為，一個醫生技術的優劣，並不是以治病的人數來衡量的，感冒發燒的治好再多，也不如幾個疑難雜症。

胡澈坐在靠門最近的一把椅子上，側著耳朵聽了半天。除了幾聲模糊的聲音，別的什麼也沒有聽到。他便拉了拉身上這套借來的衣服，用手指頭輕輕地將閉起來的門慢慢地推開了一道縫隙。

透過窄窄的一道門縫，胡澈費勁地打量著門診室裏面的情形，只見靠近門口的地方，擺放著一個茶几，茶几周圍擺著的六七張椅子上坐滿了患者，還有幾個患者是站著的。

在正對著門口不遠的窗台下，一張不大的桌子靠牆擺著，桌子的一角，一疊病歷高高地擺放著，旁邊是幾張處方單。

掛著血壓計的陳志峰一身乾淨整齊的白大褂，背對著門趴在桌上，不停地寫著。

怪不得你的門診室門口沒有幾個患者，感情你把他們全部都叫了進去，我還以為你真的變性了，原來還是老樣子。胡澈拉了拉口罩，又將帽簷往下一拉，遮住了自己大半邊臉，一邊在心裏嘀咕著。

對於陳志峰的這種只記數量的看病方式，胡澈是一點好感都沒有。

就在胡澈打算將門縫繼續擴大，打算將陳志峰門診室裏的情況再看個仔細的時候，一個奶聲奶氣的聲音在他的耳邊響了起來。

「爺爺，你怎麼不進去啊？」

胡澈回過頭來，一個紮著兩個羊角辮，穿著一件小坎肩的小女孩，正睜大了一雙水汪汪的大眼睛看著胡澈。

胡澈向兩邊看了一眼，確定自己的身邊沒有任何一個年齡在五十歲以上的男人，心裏暗暗地想著：爺爺？難道我這身打扮一下子就老了一大截麼？

看著胡澈沒有說話，這個羊角辮小女孩拉著胡澈的手，奶聲奶氣地向胡澈勸導：「爸爸說了，生病不看醫生，不是好孩子。」

聽著這個小女孩的話，胡澈的面部肌肉開始抽搐，你叫我爺爺也就罷了，還說不是一個好孩子，你讓我哭都哭不出來了。

「叔叔在這裏等人，你媽媽呢？」胡澈面對著這個一說話便露出幾枚亮晶晶牙齒的小女孩，實在是沒有能力把「你趕快走，我要辦正事」的話說出口。

「媽媽頭上插了幾根管子，在樓上睡覺！」這個羊角辮的小女孩忽閃著自己的眼睛，爬到胡澈身旁的椅子上坐下，晃蕩著兩隻腳，神情有些沒落。

頭上插了幾根管子，在樓上睡覺？胡澈大吃一驚，在心裏暗暗地佩服這個小女孩的用詞能力。

胡澈現在也沒有功夫管這個「頭上插了幾根管子，在樓上睡覺」的病人的女兒，反正一會兒以後，會有家長把這個小女孩給領走的。他於是轉過身，將門診室的門慢慢地又推開了一點，好讓自己看清裏面的情景。

「醫生，我頭疼。」一個身穿碎花上衣，面容憔悴的中年婦女甕聲甕氣地向陳志峰說道，似乎她的頭疼已經到了無法挽救的地步。這個中年婦女用手捂著自己的額頭，一副頭痛欲裂的樣子。

胡澈一看到這個中年婦女，真是有點生氣。他從剛才這個婦女甕聲甕氣的說話中，就知道這個症狀不應該是一般性頭疼導致。

一般人頭疼，不外乎就是腦部血管出了什麼症狀，或者是神經性頭疼。而這個中年婦女，只是一個勁地捂著自己的額頭，並沒有出現與腦部血管或者是神經有關的症狀。

陳志峰在觀察了一番以後，微微一笑，詢問了一下病狀。

透過門縫向裏面不住張望的胡澈，聽著患者的病情訴說，在心裏「切」了一聲，真是的，感冒引起的副鼻竇炎都要跑到這個二院來看，真是小題大作，這本來就是一般的醫院可以解決的事。

在這個中年婦女拿著自己的病歷走出門的時候，胡澈快速地掃了一眼陳志峰的診斷記錄，發現和自己的診斷一樣，只是處方單上的藥品都選用高價格的抗生素。

胡澈站在門口冷笑了半天，心裏暗自嘀咕著：陳志峰，你小子還是和以前一樣，爲了自己的紅包和提成，對不知情的患者開始下手了。

在一個上午的診斷中，陳志峰一連看了二十幾個感冒，胡澈都快在門診室的門口發狂了，這二十幾個感冒，陳志峰開的都是價格不菲的藥品，顯然是把這些患者當成了一棵棵的搖錢樹。

就在胡澈打算撕掉自己的僞裝，衝到門診室裏面揪著陳志峰的脖子，讓他把多收的錢吐出來的時候，胡澈被人無情地打斷了。

「老大爺，這個內科的陳志峰醫生是不是在這裏啊？」一個梳著背頭，戴著一副眼鏡，年齡大約在四十歲左右，說話談吐不凡的中年男子向胡澈客氣地問道。

老大爺？兄弟我和你的年齡差不多啊？胡澈開始怨恨自己的這一套打扮，難道是自己打扮得很老氣麼？

胡澈看著眼前的這個男子，發現他和正常人並無不同，只是眉目間多了幾分憔悴，似乎有點睡眠不足的樣子。

看著胡澈的目光，這個男子扶著胡澈的手哆嗦了一下，胡澈也感覺到了他的異樣，便將這個男子讓了進去，自己則躲在門口繼續偷看。

陳志峰坐在門診室裏，看著桌上的一疊處方單，摸了摸自己的禿頂，顯得非常得意。在一個上午的時間裏，經他之手開出的藥品，除了價錢高，就沒有什麼值得院方表揚的了。就在陳志峰翻看著自己開出的處方單，滿臉得意的時候，發現又是一隻肥羊自己送上門來了。

「什麼名字？」陳志峰一邊將病歷接了過來，一邊向這個男子詢問著。

「郭全益。」

胡澈在門口佝僂著腰，努力地聽著裏面的對話，生怕一不小心就漏掉了什麼。從自己剛才的初步觀察來看，這個叫郭全益的人，似乎有些神經方面的疾病，至於是什麼病，他可沒有十足的把握。

胡澈想要下一個準確的診斷，還必須把這個郭全益的病史仔仔細細地聽上一遍。神經系統方面的疾病，病史中每一個細節都有可能是這個疾病的突破口。

所以，在診斷神經系統疾病的時候，要讓病人將自己的病史敘述得詳詳細細，每一個細微的細節和變化，都要仔仔細細地記錄在病歷上。

讓胡澈感到欣慰的是，陳志峰將郭全益的病史詢問得相當詳細。在仔細地詢問了郭全益的病史以後，開了幾張化驗單。既然是一隻肥羊，而且這個肥羊的病情又比較特殊，那讓他去做幾個化驗，也是一個以防萬一的手段，更好的是，還可以給自己的提成上多加那麼一點點化驗的費用。

躲在門外的胡澈，在聽完郭全益和陳志峰的對話以後，看著郭全益拿著一疊化驗單遠去。他坐在椅子上，摸著自己的下巴，又仔細地回想了一下郭全益的病史。

首先，胡澈肯定他得的是癲癇，在剛才郭全益的敘述中，他也提到，有時候會出現胳膊或是小腿的輕微抽搐，但是不嚴重。他說自己在勞累以後，這種胳膊或是小腿的輕微抽搐會頻繁發作，而且會出現有節律性眨眼、低頭、兩眼直視及上肢抽動。

胡澈知道這兩種症狀都是癲癇發作的表現，如果在郭全益的幾個化驗中知道是什麼引發了這種病以後，便可以對症下藥了。

陳志峰坐在門診室裏面，將郭全益的病歷反反覆覆地看了幾遍，都想不出這人的病的發作是什麼原因造成的，他現在唯一可以確定的就是癲癇。

但是無法確定病因，就沒有辦法對症下藥，如果各項化驗和影像指標都正常，那就只能先給郭全益開一些調節癲癇的藥物了，雖然說不能有效地治療這種病，但是也可以緩解一下發病症狀。

想到這裏，陳志峰又是一陣高興，這種病不是都可以治好的，如果實在是找不到病因，讓這個郭全益每隔一段時間來醫院檢查一番，也是一個增加提成的好機會。

當陳志峰拿到郭全益的各項化驗報告以後，心裏那個樂啊，沒有感染，沒有腦部創傷，大腦裏面沒有任何的病灶，囊腫也沒有，連一個腦腫瘤的影子都見不到。

他的腦血管正常得就像是剛出產的自來水管線一樣，鉛、一氧化碳、乙醇等其他可以引起癲癇的有毒物質統統找不到。

血壓正常，體內也沒有什麼營養代謝紊亂的症狀，用一句話概括，郭全益得的是一種無法找到病因的原發性癲癇。

當陳志峰把這句話說出來的時候，郭全益的臉色一變，手又抽搐了幾下。讓陳志峰覺得高興的是，郭全益主動提出，要在二院定期體檢，直到查出自己病因爲止。

一直在門外的胡澈也聽到了陳志峰的診斷。在胡澈的眼裏，一個人不可能無緣無故地發生癲癇。既然找不到病因，那一定就是病人說謊，或者是醫生遺漏了什麼。

病人可以說謊，醫生可以遺漏，但是疾病本身是不會說謊也不會遺漏什麼的，就在剛才，這個郭全益很明顯地就出現了一次癲癇的局限性發作。

不過，究竟是郭全益說謊，還是自己遺漏了什麼，就憑藉著現在自己偷聽到的病歷，還是遠遠不夠的。

郭全益聽完陳志峰的診斷以後，拿起自己的病歷轉身便走了出去。一開門，便和躲在門口偷聽的胡澈撞了一個滿懷。

胡澈此時正一個勁地想著自己到底是遺漏了什麼，絲毫沒有注意到推開門的郭全益，一時間兩個人都趴在了地上。

郭全益手裏的病歷和幾份化驗單也都散落了一地，胡澈也手忙腳亂地幫著撿。郭全益看著趴在地上的胡澈，以爲自己把這個戴著帽子口罩的老大爺給撞出什麼毛病來了。

他也顧不上撿自己的病歷了，趕忙將胡澈扶了起來。胡澈也就裝作老得站不起來的樣子，任由郭全益把自己扶起來。

就在郭全益扶著胡澈站起來的時候，胡澈的臉上忽然出現了一種奇異的表情。因爲他感覺到在扶自己起來的時候，郭全益的手臂又發生了抽搐。

胡澈這個時候也顧不上什麼了，將自己的帽子口罩全都摘掉，一把摟住郭全益，高興地叫了起來。

郭全益一臉的迷惑，他不知道眼前的這個老大爺發生了什麼變化，怎麼摘掉帽子口罩，一下子就年輕了許多，還不停地摟著自己大叫。

陳志峰在門診室裏也聽到了外面的叫聲，他推開門，一眼就看到了那個穿著大衣，像個精神病一樣的胡澈。

「你來做什麼？」陳志峰看著胡澈，沒有好氣地問著。在他的眼裏，這個胡澈不是來給自己找不自在的，就是來搗亂的。

「偷你的病人！找你的碴！」胡澈倒也是非常老實，看著站在門診室門口、怒氣沖沖的陳志峰，將自己的真實目的都告訴了他。

「你……」陳志峰被胡澈的老實話給噎了個半死，真不知道是該把保安叫來，把這個給自己找碴的胡澈提著衣服領子給丟出去，還是對胡澈的誠實讚揚一番。

「我找到了，陳志峰，你輸了！」胡澈用力地將郭全益摟了幾下，向陳志峰高興地說道。郭全益在胡澈的懷裏，一時也是難以掙脫，只能眼睜睜地看著胡澈將自己摟了又摟。

陳志峰看著被胡澈摟在懷裏而不知所措的郭全益，便知道是怎麼一回事了。他心裏惡狠狠地想著，好你個胡澈，專門來二院找我的碴，今天我陳志峰不發威，你還真是爬到我的頭上來了。

「你說說，到底是怎麼一回事兒？」

「就不告訴你！走，郭全益兄弟，去紅星醫院，我給你好好地看看！」說著，胡澈就拉著郭全益的手，要往醫院外面走去。

「胡澈，咱們找幾個醫生會診，如果同意你的觀點，那我就算是輸了！」陳志峰被胡澈攪得頭都大了，在萬般無奈之下，只得提出了這樣的要求。

「還是算了！」郭全益看著兩個醫生吵得你死我活，差點就要動手打架的樣子，選擇了迴避，他說完，還拿出了幾張病歷。

胡澈一看，發現郭全益對自己的身體還是挺愛護的，就為了這一個病，把二院算在內，已經去過三個醫院了。不過，這幾份病歷，沒有兩份是相同的，有一份病歷上面還誇張地寫著「精神類疾病」。

「好，你去找幾個專家，你說要會診，就在紅星會診！」胡澈笑嘻嘻地拉著郭全益，就出門攔了一輛車，直奔紅星醫院。

李傑坐在紅星的會診室裏，看著不停地翻著郭全益病歷的胡澈，想把這個瞎掰半天的傢伙給拉出去揍上一頓，然後再推到他自己的那間門診室裏。

不過，這一切都要等到這個病案討論結束了以後，李傑才有時間和心情做這件事。當下要緊的是，解決這個郭全益的問題。

病歷上寫得很清楚：「勞累後，上肢或小腿的輕微抽搐，頻繁發作，而且伴有節律性眨眼、低頭、兩眼直視及上肢抽動。」

這可是癲癇的典型症狀，陳志峰也做出了這個判斷，不過胡澈和他的判斷又有所不同，胡澈堅持認爲這個癲癇不是陳志峰所說的那種無法找到病因的原發性癲癇，而是在腦部確實存在著病灶。

至於這個病灶，就要靠在坐的幾位醫生來會診了，可是這個明顯是屬於腦外科的範疇，胡澈把我這個心胸外科的醫生拉過來做什麼，難道是想讓我來給郭全益做手術。李傑一邊回想著郭全益的病歷內容，一邊暗自嘀咕。

郭全益所有的病歷、化驗單以及腦部的幾張片子，都依次擺放在會診室那寬大的桌子上。幾個二院的腦外科專家也都在認真地看著，至於看沒看進去，那可就是另外一回事了。

郭全益在D市也算是頗有名氣的納稅大戶。

對於郭全益的病歷和化驗單以及拍的片子，幾個二院的專家不停地翻看著，生怕有什麼疏漏，如果判斷失誤的話，那他們可算是丟人丟大了。

考慮了半天，他們覺得，事實確實如陳志峰所說的那樣，郭全益的癲癇就是一個無法找到病因的原發性癲癇。

幾個腦外科的專家提出了和陳志峰一樣的結論的時候，陳志峰臉上那副得意的樣子是無法掩飾的。

看著陳志峰得意的樣子，胡澈也得意了起來。

陳志峰則是一臉的糊塗，他不明白爲什麼自己的診斷得到了幾個專家的一致認可，他胡澈還可以笑得出來，是不是遭受的打擊太大了，他一時無法接受。

「那麼，你們誰可以解釋一下這個？」胡澈指著郭全益病歷上那句「勞累後……」的病史記錄，向幾個二院的專家問道。

一般來說，癲癇的發作是隨機性的。有可能是一個月發作一次，一個星期發作，可是像這種勞累後經常發作的病史，還真是不多見。

聽到胡澈的疑問，幾個人也都不作聲了，他們幾個忽略了這一點。在開始的時候，胡澈也忽略了，直到郭全益將自己扶起的時候，郭全益的上肢發生了幾下微小的抽搐，胡澈才重新注意到了病史中的這句話。

在這裏，胡澈將這個問題提了出來，就是爲了引起幾個腦外科專家的注意。不出胡澈所料，在仔細閱讀郭全益病史資料的時候，壓根兒就沒有人注意到這個現象，就是書寫病史的陳志峰也沒有注意到。

也就是說，陳志峰基於病史的判斷，在一定程度上是不可取的。坐在胡澈對面的陳志峰，看著幾個腦外科的專家，懊惱地捶了捶自己的禿頂。

「下面該怎麼辦？」幾個腦外科的專家，看著胸有成竹的胡澈，心虛地問了一句，在這次會診中，幾個老專家也是絲毫沒有注意到那個「勞累後」的辭彙。

在郭全益的各項檢查中，根本就沒有發現可導致癲癇的任何病灶，看來只有重新檢查一遍了。

不過就是檢查，幾個腦外科的專家也沒有多大的信心。在先前的一系列檢查中，絲毫沒有發現病變，如果還是和上次檢查一樣的話，發現病因的機會也是微乎其微的。

看著胡澈自信滿滿的樣子，李傑也是一頭霧水，雖然他不是一個腦外科的專家，但是對癲癇也是有所瞭解的。

像這種無法找到病因的原發性癲癇，最好的方法就是，按時到醫院復查，直到找到病灶，然後再進行治療。

李傑看著胡澈的樣子，也不知道這個傢伙究竟打算用什麼方法，讓郭全益的病灶出現。不過，既然胡澈是那樣自信，那麼他就一定有辦法。

胡澈給會診室的幾個人留下一個意味深長的笑容之後，便將李傑一把給拉了出去。幾個二院的醫生相互看了幾眼，也急急忙忙跟了出去。

「走吧，郭全益老弟！」胡澈拉著郭全益，向紅星醫院的X光室一路小跑著。郭全益也就這麼被胡澈心甘情願地拉著。

郭全益也不知道，這個穿白大褂不扣扣子，走路拉風的醫生，究竟要把自己帶到什麼地方去。不過自己既然是一個病人，就應該好好按照醫生的指點做。

在紅星醫院的X光室，郭全益按照胡澈的話，費力地蹬著一輛破舊的自行車。而胡澈在一旁還不斷大聲叫嚷著：「快一點，再快一點！」彷彿郭全益不賣力，胡澈就會在郭全益的屁股上踢上一腳。

在郭全益費勁地蹬自行車的過程中，胡澈一直注意著郭全益抓著車把的手，當連續出現了幾個小的抽搐以後，胡澈便讓郭全益迅速躺在X光機的下面，拍攝了幾張腦部的片子。

看著那個明顯的血管網狀細胞瘤，幾個腦外科的醫生都有點不太相信自己的眼睛，其實胡澈早就知道，像這種隱秘的血管瘤，不用上那麼一點點的小手段，它是不會像一個聽話的小朋友一樣乖乖地出來的。

幾個二院的專家，一臉的不可思議，嘴裏不住地念叨著什麼，就好像是眼前的這張X光片不是郭全益的一樣。

陳志峰更是一臉的死灰，在和胡澈的幾次交鋒中，他沒有一次是贏的，本來是想著，這一次在幾個二院專家的一致認定下，自己是贏定了，可沒有想到，自己還是輸了。

「可以給郭全益說明一下情況了吧？」胡澈指著桌子上的那張X光片，向幾個人緩慢地說道。至於這幾個專家的內心想法，胡澈是一點也沒有心思去猜的。

在胡澈看來，患者的利益總是擺在第一位的，他們有知道自己身體情況的權力。醫生應該在第一時間裏將患者的情況告知病患，不能有所隱瞞。

李傑在確定了郭全益的病症之後，便馬上安排了郭全益的住院手續。現在的紅星醫院，一切都是以患者爲中心，沒有花費多長的時間，郭全益便辦完了住院手續。

直到這個時候，李傑才知道了郭全益的實際情況。看著紅星醫院的這間單人病房，看著這個已經被剃了一個光頭的郭全益，他不由得發出了「有錢人真好」的感慨。

郭全益對眼前的這兩個醫生，摸了摸自己的光頭，有些自嘲地說道：「還是這個髮型比較涼快！」

看著已經做好手術準備的郭全益，回想起郭全益剛才說過的話，李傑和胡澈相視一笑。在郭全益的堅持下，二院的幾個專家，只得悻悻地離開了。他不僅趕走了二院的醫生，還主動要求李傑做自己手術的主刀，按照他的想法，可以將自己腦子裏那個「炸彈」找到的醫生，就一定會有方法將它拆除。

李傑費力地做著手術前的準備工作，嘴裏還一邊不住地嘟囔，好你個胡澈，老子是一個心胸外科醫生，現在可倒好，本來是開胸腔的手，現在要開顱腔！

不過，話是這麼說，李傑還是認認真真地將手術前的消毒工作做得十分到位。胡澈用力地抹去半邊臉上的肥皂沫，一臉的無辜，他不知道自己是哪裏得罪這個將手術刀使用得如夢似幻，號稱是外科一把刀的院長大人了。

「胡澈，你給我過來！」戴著口罩的李傑，眼睛裏閃爍著凌厲的光芒，將剛換好衣服走進手術室，還在東張西望的胡澈叫到了跟前。

胡澈只得舉著兩隻手，戰戰兢兢地走到李傑的跟前，他不知道這個院長大人對自己又有什麼吩咐。

「我在這裏幹什麼？」胡澈看著李傑，有點不太明白地問道，似乎還想抬起手來撓撓自己的頭。不過，他看到李傑那比手術刀還要犀利的眼神，便又乖乖地站著不動了。

「我主刀，你擔當第一助手。」李傑看著胡澈，用眼神將胡澈打算四處亂摸的手制止了。

胡澈呆呆地站在手術台前，保持這個姿勢足足有三分鐘，腦海裏一直不斷盤旋的就是李傑的那幾個字。

第一助手？院長你沒有搞錯吧？我一個內科的醫生，你要讓我當外科的第一助手？就我這兩把刷子，你又不是不知道。

我胡澈切切闌尾，割割盲腸，都還算可以，要在頭上動刀子，除了剪刀，就再不會動其他的刀子了。胡澈看著舉在胸前的雙手，活動了一下手指的關節。

看著胡澈緊張的樣子，李傑站在他的身後，緩緩地說道：「你要相信你的能力，沒有關係，只是一個很普通的血管腫瘤，你要注意患者的情況！」

也許是李傑的話語鼓勵了胡澈，他閉上眼睛，深深地吸了一口氣，便不再像剛才那樣不知所措了。看著鎮定下來的胡澈，李傑下達了開始手術的命令：「準備麻醉。」

說完這句話以後，他便向手術室裏的其他幾個人，點頭示意。

「器械準備完畢。」

「生命監護就緒。」

……

在手術室裏的各個小組都通報完畢以後，李傑和胡澈相互對視了一下，點了點頭，便開始了開顱的手術。

這個手術需要在保證患者安全的前提之下，將一小塊血管網狀細胞瘤完整地切除，而且還不能損傷周圍的健康組織。

在這次的手術中，必須要求患者時刻處於清醒狀態。因爲在手術的過程中，李傑還要不斷地向患者詢問一些常識性的問題，以確定手術沒有對患者的健康腦組織造成損害。

對於李傑來說，胡澈切除那個血管網狀細胞瘤不是什麼麻煩，真正麻煩的是，如何確定切除的範圍。

切除的範圍過大，會對患者的腦部神經元造成不可逆的損傷。神經元細胞和皮膚細胞可不一樣，如果是皮膚被割掉了一塊，皮膚細胞還可以再生，可以將原來的疤痕消除。

可是神經元細胞就不一樣了，它是永遠都不可能再生了。

一般的外科麻醉藥品，都會在手術的過程中使神經系統暫時性麻痹，這樣的話，將給李傑的詢問判斷工作帶來一定的工作盲區。

若是這樣的話，李傑在手術中就不能很好地瞭解患者腦部神經的正常受損程度，這樣就會使這台手術不成功。這會對患者以後的生活和工作造成很大的麻煩。

所以，李傑在這次手術中，依然是大膽地選用了針灸麻醉。針灸麻醉的好處就是，可以讓患者在相對清醒的狀態下，對在手術過程中李傑提出的一系列問題給予清醒的回答。

當器械護士將李傑的那個針灸包拿過來的時候，手術室裏忽然就安靜了下來，只有生命監護儀發出單調的「嘀嘀」聲。

李傑右手拿著一根銀針，左手在患者的脖頸處找了幾個穴位，思量了片刻便迅速將針扎了進去。

李傑將手裏的幾根銀針全部扎完了以後，停頓了片刻，他低頭看著患者，接過器械護士遞過來的一根探針，輕輕地在患者的額頭、耳後以及頭頂正中扎了幾下。

然後，他輕聲向患者問道：「有感覺麼？」

躺在手術台上的患者，看著李傑在自己的頭上扎來扎去，卻一點感覺都沒有，便向李傑用力地眨了眨眼睛。

「你可以說話，試一試！」李傑看著患者眨巴了幾下眼睛，便低身伏在他的耳邊，輕輕

地說道。

說完這些以後，李傑拿起手術台旁邊的一把手術剪，向患者問著。

看著患者猶豫的樣子，李傑和胡澈的心都有點涼了，這個手術還沒有開始呢，這個患者便出現了辨認困難，難道是腦部的腫瘤出現了惡化。

「我想，應該是剪刀吧！」患者看著李傑有些焦急的神色，猶豫著說了一句。這也不能怪患者，手術的器械，對任何一個普通人來說，辨認起來都有困難。

李傑爲了確認患者的認知能力，又接著指著手術室裏的幾種日常器物，患者也都能一一辨認出來。

「好了，可以開始了！」胡澈看著李傑的目光，又看了一眼生命監護儀。

第七劑

失蹤的病變血管

當打開患者的顱骨以後，患者那灰白色的腦組織，
展現在手術室的無影燈底下，錯綜複雜的血管，
緊緊地包繞著這個人體中最為複雜和精密的器官。
患者的這個血管網狀細胞瘤，處於一個非常敏感的位置，
緊緊地挨著大腦掌管語言和判斷的中樞，如果在細胞瘤切除手術中，
將以上的兩個中樞不小心傷害的話，
那麼這個患者的下半輩子就極有可能生活在不能判斷和無法說話的生活之中。
看著無影燈底下的腦組織，李傑的第一個想法就是，
腦組織看起來很正常，和其他人別無二致。
不過，正是這種看似正常的腦組織讓李傑額頭上開始
出現了密密麻麻的細小汗珠。

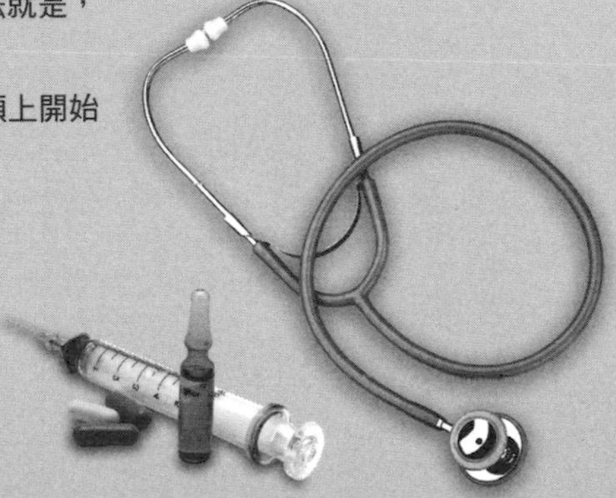

這一回李傑依舊是主刀，他先是用龍膽紫試劑在患者剃得光滑溜圓的頭顱上劃出一道矢狀線和幾道手術切口線。

由於先前李傑已經給患者做了針灸麻醉，所以在胡澈切開頭皮的時候，患者並沒有什麼感覺。

在李傑將滲出的少許血液用脫脂棉球拭乾淨以後，胡澈將藥液緩緩地推注，使患者的整個帽狀膜下充滿了藥液。

在完成了第一步的注射以後，胡澈緊急地做了第二步的操作，在每切開一段膜以後，便立即用手指壓緊頭皮防止出血。

胡澈每切開一段，李傑便手腳麻利地遞過來一把止血鉗，胡澈將兩側的帽狀膜緊緊地用止血鉗夾住，並將它翻轉，以達到壓迫止血的目的。

將患者的全部顱骨暴露在手術視野之下以後，胡澈將早已確定好的手術區域進行了準確定位。

定位完成以後，胡澈接過李傑遞過來的開顱鑽，先是拿在手裏試了一下，開顱鑽發出了幾聲「嗡嗡」的聲音。

他小心翼翼地在顱骨上鑽了幾個孔，便在開顱線的位置鋸出幾個孔，在胡澈鋸的過程中，李傑還在繼續詢問著患者一些常識性的問題。

很快地，幾個問題就問完了，可是胡澈還在那裏，兩隻手拉著線鋸和患者那堅硬的顱骨做著艱苦卓絕的鬥爭。

李傑又接著問了幾個問題，胡澈終於長長地舒了一口氣，李傑看著胡澈的樣子，也在心裏暗自地放下心來。患者更是誇張地說了一句：「李傑醫生，你終於停下來了！」

當打開患者的顱骨以後，患者那灰白色的腦組織，展現在手術室的無影燈底下，錯綜複雜的血管，緊緊地包繞著這個人體中最爲複雜和精密的器官。

患者的這個血管網狀細胞瘤，處於一個非常敏感的位置，緊緊地挨著大腦掌管語言和判斷的中樞，如果在細胞瘤切除手術中，將以上的兩個中樞不小心傷害的話，那麼這個患者的下半輩子就極有可能生活在不能判斷和無法說話的生活之中。

看著無影燈底下的腦組織，李傑的第一個想法就是，腦組織看起來很正常，和其他人別無二致。

不過，正是這種看似正常的腦組織讓李傑額頭上開始出現了密密麻麻的細小汗珠。他打開的不是一個正常人的大腦，而是一個患有大腦血管網狀細胞瘤的大腦。

在手術之前的準備中，李傑和胡澈已經對那個細胞瘤的供血血管做了一些處理，由於患

者這個血管細胞瘤只有在勞累的狀況下才能清晰地顯現出來，所以，他們將一種血管造影劑注入到了血管之中，好讓那個血管網狀細胞瘤，在患者靜息狀態下還可以明顯地出現在李傑的手術視野中。

可是現在倒好，手術前已被造影劑填充的那個血管瘤現在竟然消失得無影無蹤，就像是壓根兒不存在一樣。

李傑知道，那個經過造影劑處理的血管瘤還在那裏，只不過由於消失的造影劑而看不見。

站在一旁的胡澈，看著李傑站在那裏不由自主頓住，他不由得轉過頭來向患者打開的顱腔裏看了一眼，只是這一眼，胡澈就感覺自己好像處在冰窟裏面一樣了。

李傑和其他幾個手術室裏的人，一個個都開始冒冷汗，本來就指望著染色劑將那一根病變血管異常明顯地指出來，現在倒好，費了老大的力氣，好不容易把顱骨打開以後，那條病變血管竟然莫名其妙消失了。

下面該怎麼辦？胡澈和手術室裏的其他幾個人，看著李傑，在心裏不約而同地問了這樣的一個問題。

停手還是繼續？停手的話，如何對患者解釋，善後工作又該怎麼處理，這是一個很難辦的問題。

繼續，該怎麼繼續？那根染色後失蹤的病變血管如何找到？

站在手術台前，李傑也在問著自己同樣的問題。患者的顱腔已經打開，原本標記染色的血管消失，難道要讓患者再做一次標記染色？那顯然是不可能的！

那該怎麼辦？這句話在李傑的腦海裏不斷地盤旋，第一次開顱就遇上這樣的事，真不知道是自己運氣好，還是運氣不好。

「李傑，停手吧！」胡澈在一旁焦急地說道。

李傑一動不動地看著打開的顱腔，他不打算就此結束，患者躺在手術台上，就等於把他自己的生命交給了醫生，絕對不可能就這麼把顱腔關閉，等著下一次的發作。

李傑將患者脖子上的銀針轉了幾圈，然後又抽出幾根銀針，在患者肩部的幾個穴位，用力地扎了下去。

然後，他立即向打開的顱腔裏迅速地看了一眼，大腦的血管非常安靜，沒有出現李傑所期望的那種效果。

李傑又抽出幾根銀針，看準了幾個穴位，用力地刺了進去，這一次，他手上的力氣要大了不少。

「看見了，看見了！」胡澈在旁邊高興地說了一聲，李傑知道自己這一次成功了。由於患者的病症發作都是在勞累之後，包括血管瘤的確診也都是在勞累後才確定的。於是李傑果斷地尋找了幾個穴位，給大腦一個錯誤的信號，讓大腦誤認為機體處於一種非常疲勞的狀態。

當確定了血管的位置，以後的工作也就可以照常進行下去了。李傑非常小心地將血管網狀細胞瘤的主血管進行了結紮，然後將這個腫瘤的瘤體，一刀一刀地與正常的腦組織小心地分離開。

在分離血管瘤的同時，李傑讓患者開始數數，他的要求很簡單，就是從數字「一」開始數起，中間不能有任何的停頓。

在做完最後一步的時候，李傑走到手術台的一側，從一旁拿起一張看圖識字的卡片，向患者問了一句。

「這是什麼？」

「月亮！」這次的回答倒是挺乾脆，看來腦損傷的範圍不是很大。接著，李傑開始了新一輪的生活常識提問。

「醫生啊，你這個問題都問了三遍了！」在李傑的不斷提問下，患者終於受不了了。

「嗯，很好，你的大腦受到的損害要比預想的小！」李傑在聽到患者的牢騷以後，一顆懸著的心終於放下了。

「胡澈，關閉顱腔，剩下的就算是你的工作了！」李傑退到一邊，將手術的結尾工作交給了在一旁有些發呆的胡澈。

胡澈有些顫抖地開始關閉顱腔，對於如何操作，他已經在自己的門診室裏練習過無數次，不過練習歸練習，當真正開始進行操作的時候，才知道練習和實際操作根本就不是一回事兒。

看著胡澈有些生疏的手法，李傑沒有做出任何的舉動，只是由胡澈這麼略顯生澀、慢慢地將患者的顱腔關閉。

在關閉了顱腔以後，李傑立即對頭皮進行了加壓包紮，他用的力氣在胡澈看來是非常大的。李傑這樣做的目的，就是爲了防止患者頭皮再次出血。

李傑這幾天有點鬱悶，原因沒有別的，就是那個郭全益的血管網狀細胞瘤手術惹的禍，也不知道是哪一路的記者搞到的消息，他們將郭全益的那個手術大肆吹噓了一番，現在光是每天來掛號的病人，就將那個不算太小的掛號處擠得滿滿當當。

看著人滿爲患的紅星醫院大廳，李傑又開始爲紅星醫院的人手問題發起愁來，現在的人員缺口，完完全全地可以用捉襟見肘來形容了。

所有的醫生護士，都忙得和陀螺一樣轉個不停。可是那些患者彷彿害怕紅星的醫生還不夠忙似的，不少人都是提前早早地就來到紅星醫院的掛號處。

李傑也不敢在大廳裏多待，急急忙忙地趕回到自己的辦公室，翻開手頭的手術計畫書，開始翻閱起來。

這裏有個手術，是以前就定下來的。患者這幾天的情況也比較穩定了，所以李傑打算就在最近的幾天把這個手術完成了，如果拖下去的話，說不定病情還會惡化。

對於自己確定的手術，李傑從來都沒有放鬆過，在李傑看來，患者讓醫生給自己做手術，就是對醫生的極大信任。在手術的過程中，患者的家屬將患者託付給了醫生，是對醫院和醫生的信任。

背負著兩重信任的醫生，如果在患者手術之前，沒有將情況瞭解得十分詳細，沒有做好應付任何可能出現的意外的準備，便是辜負了患者和家屬的信任。

就在李傑認真地查看著病歷和手術計畫的時候，韓磊推開門，皺著眉頭，頂著一頭的汗水走了進來，

「院長，消化科那邊出了一點事兒！」韓磊將手裏的幾份病歷放下，來不及將頭上的汗水擦去，向李傑有些焦急地說道。

出事？能出什麼事？難道又出了什麼醫療糾紛不成？李傑抬頭看著滿臉汗水的韓磊，內心充滿了疑問。

在紅星步入正軌以後，李傑有很多事都十分放心地交給韓磊去做，他沒有一次讓李傑失望過。既然是韓磊都沒有辦法搞定的事情，那肯定就不是一件小事。

李傑想到這裏，將手裏的病歷和手術計畫書合上，從椅背上拿起自己的工作服，推開門便向消化科走去。

當李傑和韓磊走到消化科附近的時候，發現這裏圍了一群人，也不知道是來看熱鬧的，還是來這裏看病的。

「院長來了，院長來了！」韓磊一邊費力地分開人群，一邊說著。看著韓磊費力的樣子，李傑跟在他的身後，擠進了被圍得水泄不通的消化科。

在消化科門診室的兩邊，站著幾個膀大腰圓的傢伙，見韓磊和李傑過來以後，抬起全是橫肉的胳膊，將他們兩個攔了下來。

這是什麼世道，在自己的醫院裏都會被攔了下來。李傑看著這幾個傢伙，臉色一下子就陰了下來，火氣「騰」地一下就立馬躥得老高。

「我是院長！」李傑沒有多看一眼，只是口氣冷冷地說了一句。他心想，真是笑話，我李傑什麼人沒有見過！

韓磊站在一邊，有些戰戰兢兢地看著眼前的幾個人，剛剛抹去的汗又從額頭上冒了出來。他斜著眼角，看了一眼李傑，不知道院長爲何如此鎮定。

幾個大漢看了一眼李傑的胸牌，又看了一眼韓磊，將他們兩個放了進去，然後面無表情地站在門診室的兩邊。

李傑也沒有多說什麼，臉色陰沉地走進了消化科的門診室。

一個光頭胖子正躺在門診室那窄小的床上，他的身邊，還站了兩個和門外一樣的大漢，看樣子是這個光頭胖子的保鏢。

門診室裏的幾個醫生，都有些害怕地站在一邊，當他們看到李傑進來的時候，彷彿看到了救星一樣。

「什麼病？」李傑生氣地問道，臉色陰沉得可以滴得下水來。在自己的醫院裏，被人攔著，終歸不是什麼讓人舒服的事。

「闌尾炎！」劉東看著李傑，聲音小小地說。好不容易在住院部完成了自己的工作，就來這裏幫忙，沒有想到，自己的運氣真是背到家了。

闌尾炎？李傑的臉色已經不能用陰沉二字來形容了。他臉上的寒氣讓劉東和韓磊幾個感到渾身的不自在。

得了一個闌尾炎，就找了幾個保鏢，把紅星的消化科給清場了，你有本事的話，就找一個家庭醫生。李傑看著門診室裏的兩個保鏢，嘴角抽搐了一下。

「哪裏疼？」李傑走到這個男人的身邊，將他的上衣掀開，觸診著那全是肥油的肚皮，面無表情地詢問著。他那繃得硬邦邦的臉，彷彿被寒冰給凍住了一樣。

「李傑醫生啊，我是闌尾炎，我要……」光頭看著李傑走了過來，便大聲地叫著。

他本來在其他醫院住院的，是從自己的一個朋友那裏，聽說紅星醫院的院長手術技術十分了得，便馬上帶著自己的幾個保鏢來到了紅星，打算讓李傑院長給自己動手術。

「李傑醫生啊，我是闌尾炎，你看這是我的病歷……」這個光頭胖子，給其中的一個保鏢招了招手。病歷和化驗單就都全被展開擺在了李傑的眼前。

不看還好，一看李傑的火氣就更大了，這個傢伙本來在其他醫院已經確定了手術日期，可又改了主意，拉著幾個保鏢來到了紅星。

「啊，李傑醫生，你輕一點！我知道你技術好。我是專門來找你做這個手術的。」這個胖子發出了一聲叫嚷，叫完了以後，還喋喋不休地說了幾句。

輕一點？我恨不得把你從紅星給踢出去！既然已經和其他醫院確定了手術日期了，真是吃飽了閑著沒事幹，又跑到紅星來！

李傑一邊想著，手裏的力氣又加大了幾分，看著這個光頭胖子的臉色，他又緊接著問了一句：「這裏疼不？」

「疼！」臉色憋得發紅的光頭胖子，從緊緊咬住的牙縫裏拚命地擠出一個字。

疼！不疼才怪了！李傑收回手，回頭看了一眼劉東和韓磊，沒有說話。

「李傑醫生啊……」光頭胖子用一隻胳膊支起上半身坐在那裏，想對李傑說些什麼。

李傑回頭看著這個胖子，沒有聽他說什麼，就將劉東和韓磊拉到一邊，幾個人湊在一起，嘀嘀咕咕地不知道說著些什麼。

都是高人啊！而且這裏的醫生還是那樣地負責，看完自己的病以後，這幾個醫生還會診，來這個紅星醫院，還真是來對了。光頭胖子一邊想著，一邊接過保鏢遞過來的手絹，抹了一把自己頭上的汗。

李傑的臉色還是那樣陰沉，他認爲這個光頭純粹就是衝著自己的名氣才來到紅星的，如果做了這個手術，那以後會有更多的人來紅星讓自己給他們做手術。到時候，自己就是三頭六臂也忙不過來了。所以，絕對不能開這個頭。

「好了，你去辦住院手續吧！」韓磊拿著一份病歷走了過來，向這個胖子說道。剛才李傑已經很明確地告訴了韓磊，這個手術，李傑是不會動手的。

韓磊正考慮著該如何向這個胖子說明，不過看著胖子身邊的幾個保鏢，韓磊將心裏的念頭又壓了回去。

剛才李傑還十分隱晦地向韓磊建議，有必要讓這個胖子知道，對於這種手術，任何一個普通外科的主任醫生都會做得很好。

如果說出李傑不給他做手術，估計這個胖子會將怒氣全部撒到自己的頭上吧。韓磊想想那幾個膀大腰圓的保鏢，心裏便一陣哆嗦。

很快地，這個光頭胖子便在保鏢的前呼後擁下，離開了門診室，韓磊看著他們遠去的背影，算是長長地舒了半口氣。

另外的半口氣還在心裏憋著，韓磊盤算著該如何向那胖子說明李傑是不會做闌尾炎的手術的，這還真是一個難題。

一邊是自己的頂頭上司，自己可沒有那麼大的膽子拿工作開玩笑。另外一邊是一個有錢的胖子，除了有錢，手底下還有幾個保鏢，看起來絕非善類。

劉東也在一旁暗自偷笑。他發現，這個李傑院長的招數，韓磊也只得無奈地接受，就像當初自己無奈接受那份合同一樣。

想想剛才李傑院長那一副陰沉的表情，劉東心裏便一陣哆嗦。

如果這個胖子按照正常的手續來醫院看病，說不定還有一點點的希望，可是，現在是一點機會都沒有了。李傑看著韓磊和劉東，露出無奈的苦笑，對於這個胖子，他一點好感也沒有。有錢就了不起了啊？還帶了幾個保鏢！

當圍觀的人群漸漸散去以後，紅星醫院的消化科也恢復了平靜，劉東開始了自己的被李傑懲罰的工作，而韓磊則開始了新一輪的思考。

在院長辦公室裏，李傑看著手裏拿著一份病歷，坐在不遠處沙發上發著呆的韓磊，嘴角勾起一絲淡淡的笑意。

看來這次自己給韓磊的任務還是有點讓他難辦。不過，這也是沒有辦法的辦法，韓磊的工作能力在紅星也是首屈一指的，如果這一次不讓韓磊的能力充分發揮一下，那就是對不起自己了。

抱著這樣的想法，李傑走到韓磊的身邊，拍了拍韓磊的肩膀。對於韓磊的想法，李傑也可以想得到。他既顧忌到李傑這個院長的權力，又害怕被那個胖子報復。

「那個手術安排了沒有？」李傑從韓磊手裏把病歷拿到了自己的手裏，翻看了幾頁以後，又將病歷放到了桌上。

「安排了！」韓磊知道李傑是在問那個胖子的手術，這個胖子的住院安排都是韓磊一手操辦的。

其實這就是李傑的意思，如果一個患者知道給自己安排住院的是副院長，心裏美得第一個想法就可能是，醫院對自己多麼重視！第二個想法就也許是，那麼，給自己主刀的一定是醫院裏最厲害的人物了。不過，這也只是患者的想法。

在李傑看來，有一個心臟手術比這個胖子的闌尾炎還要重要，如果說這個胖子有什麼想法的話，也僅僅限於他的想法了。

現在的紅星醫院，排在那個心臟手術的後面，還有幾個難度非常大的手術。

李傑不給這個胖子做手術，除了他對這個傢伙沒有好感之外，還有一個理由，就是自己的精力也沒有那麼多，不可能把自己有限的精力分散到很多的地方。

所謂好鋼要用在刀刃上，和這個道理是一樣的，除了李傑，其實紅星醫院還有很多在外科技術上非常不錯的醫生。

以後，紅星醫院還是不能靠自己一個人來獨自支撐，從現在起，就要爲紅星培養一批可以勝任外科手術的醫生。

當那個胖子在韓磊的全程監護下被推進手術室的時候，韓磊還是沒有將手術的主刀告訴他。韓磊可不想在這個時候，讓他知道事實的真相。

如果這個胖子知道事實的真相，他一定會大發雷霆，有很大的可能讓保鏢衝到院長辦公室裏，指著李傑的鼻子大罵一通。

手術進行得很順利，也很成功，在被麻醉了以後，這個胖子是沒有機會看到自己的主刀醫生到底是誰的。

韓磊這次安排的手術，主刀是一個技術非常不錯的醫生，在短短的四十五分鐘過去以後，右側下腹部多了一個刀疤的胖子被從手術室裏推了出來。

在確定了各項生命指標以後，胖子便被迅速地推進了監護室。他的幾個保鏢也都一個個守護在自己老闆的身旁，沒有絲毫的放鬆。

十幾個小時以後，當李傑拿著病歷走進病房的時候，這個胖子便有些吃力地站了起來，仗著自己的大嗓門兒，向李傑說了一聲「謝謝」，還不停地誇獎李傑的技術一流。

李傑也沒有否認，如果自己否認的話，這個胖子指不定還會幹出什麼出格的事情。想到這裏，李傑只是淡淡地笑了一下。

在胖子的眼裏，李傑整個人簡直就是一個救死扶傷的楷模，隨即他對李傑這個名義上的主刀大表敬佩。他一個勁地拉著李傑的手，大有切雞頭，燒黃紙，義結金蘭的衝動。

韓磊在一旁看著這一切，也是一陣感慨，院長的名氣還真不是虛的。它使搖搖欲墜的紅星醫院重新煥發出新的活力。看來自己還是要跟在院長的後面好好學習一番。

在一旁被胖子拉著手的李傑，絲毫沒有注意到韓磊那眼睛裏流露出來的那種近似於崇拜的神色，只是一個勁地接受著胖子的拍馬溜須。

「那個，你的手術不是我做的！」李傑實在是受不了了，從一開始，這個胖子就不停地拉著自己的手，還將自己比作天上絕無，世上僅有。

「不是，不是你做的？」這個胖子的眼神一瞬間就暗淡了下去，不過，在過了幾秒鐘以後，又恢復了正常。

自己來這個醫院動手術，就是看在院長醫生的技術上，現在可倒好，手術做完了，自己才知道，原來這個手術還不是他做的。就好像去飯館吃飯，卻來了一個學徒給自己做菜。

想到這裏，胖子又用手摸了一下自己的腹部，想起自己第一眼看到的這個刀口。雖然說自己現在知道，這個刀口不是李傑做的，不過還真是不錯。

「你是這個醫院的院長，你的本事這麼好，手底下的實力也一定不差！」看來這個胖子也是知道「強將手下無弱兵」這個道理的。

李傑看著眼前的這個胖子，還是有一點放心了。當胖子知道自己的手術主刀不是自己點名要求的院長的時候，也沒有出現什麼過激的行爲。

韓磊站在一邊，將心裏剩下的半口氣舒舒服服地喘了出來。他本來以爲胖子知道事情的真相以後，會大發上一頓脾氣，沒有想到，事情就這麼結束了。

「院長醫生啊！」就在李傑和幾個醫生打算走出病房的時候，躺在床上的胖子大聲地叫了一下。

李傑回過頭來，看著這個病人，也不知道這個傢伙有什麼想法。當聽完了以後，他才有些鄙夷地撇了撇嘴。

原來，這個胖子是想讓李傑給自己找上一個家庭醫生。人一有錢了，最擔心的就是自己的健康。身體可是掙錢的本錢，如果身體不好的話，那麼，自己辛辛苦苦賺來的錢，也沒什麼機會好好享受了。

家庭醫生？你小子還真是有錢沒處花了啊？不就是一個常見的闌尾炎麼，還把你鬧得有點精神疾病了啊？

不過，看來這個胖子也是一個有錢的主兒。剛好紅星醫院現在也缺錢，能撈到一點是一點，李傑抱著這樣的想法，臉上露出一絲狡猾的笑容。

看著李傑的笑容，韓磊的心裏就像是被手術刀給切了一下，李傑的笑容，他太熟悉了，每次李傑流露出這樣笑容的時候，就意味著又有人被李傑賣了，還要幫著李傑數錢，看來這一回就是這個胖子了。

「你看，我們醫院人手也不夠，而且……」李傑故意在這裏賣了一個關子。好不容易找了一個這麼有錢的主兒，不敲他一筆，李傑就覺得十分對不起紅星醫院和紅星的廣大患者。

「而且缺錢是吧？」這個胖子也是一個爽快的人，自己在外面混了這麼長的時間，也知道這個院長說的是什麼。

李傑看著胖子，有點不太好意思地笑了笑，心裏面卻樂開了花，大魚啊大魚，雖說這個胖子實在是有點不討人喜歡，但是作爲一個有錢的主兒，自己還是希望紅星能時不時地來幾個這樣的暴發戶。

李傑轉過頭來，將幾個醫生打量了一圈，最後目光落在韓磊的臉上，就這麼看著韓磊，嘴角再一次地流露出一絲微笑。

「我給你安排一下吧！」韓磊被李傑看著，心裏一陣發毛，立即對著胖子說道。在他的眼裏看來，李傑對自己的這番微笑，絕對是要給自己一個天大的難題。

看著韓磊有些焦急的神情，李傑有些得意地摸了摸自己的鼻尖，忍不住「嘿嘿」了一下，自己本來的意思就是讓韓磊給胖子找一個家庭醫生，沒有想到，韓磊一看見自己的笑容，便將這件事主動地承擔了下來，沒有一絲的猶豫。

這樣也好，省得自己再被這件事情鬧得焦頭爛額。有了這個副院長，自己還真是輕鬆，看來還要多找幾個像韓磊一樣的助手才好。

李傑想到這裏，開始用一種讚賞的目光看著韓磊，他一邊拉著韓磊的手，一邊走出了病房。

那個躺在病床上的胖子，此時也是一臉的高興，以現在的樣子來看，自己有個家庭醫生的願望算是達成了。

李傑忙碌地工作著，沒有一絲的閒暇時光，每天不是爲醫院的人手和資金操心，就是爲醫院的手術費勁。

不過，整個紅星醫院裏，不只是李傑一個人忙忙碌碌，就連李傑的那個小跟班夏宇，也在門診室忙個不停。

夏宇對李傑內心充滿了感激，想想自己原來的生活，就是在包子和蒸籠之間轉悠，頂多就是在學校的課堂裏，趁著老師講病案分析的時候，過一把當醫生的癮。

雖然現在自己還不是一個可以獨立診斷的醫生，可是能夠在醫院裏幹活，就已經是向著自己的願望大大地前進一步了。

想著李傑對自己的關心，夏宇幹活更加賣力了。不過，夏宇還有一個問題要李傑來幫助解決。

第八劑

活下去的希望

「你為什麼要做這個手術？」安德魯沒有理會李傑和夏宇的疑惑，只用一種淡淡的口氣，向夏宇問著。

「我想以一個正常的我，來幫助其他的人！」對於安德魯的提問，夏宇還是那個想法，沒有絲毫的改變。

「你不在乎那短暫的生命？」安德魯睜大了自己的眼睛，看著夏宇。

「只要可以正常地生活，不再需要其他人的幫助，還可以幫助其他人，就是一年的時間，我也認了！」

夏宇說出這句話的時候，神情很是堅決，沒有一點的猶豫。

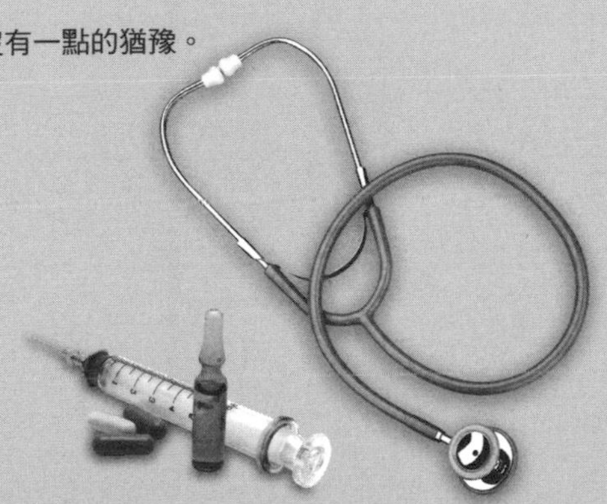

李傑將自己案頭的那一疊厚厚的資料全部處理完了以後，靠在椅子上舒舒服服地伸了一個懶腰，舒展了一下自己已經快要硬成一塊石板的腰部。

他心裏暗暗地想著，真是不當家不知道當家的難處。自己才幹了多長時間，旁邊還有一個了不起的能人韓磊幫忙照顧著，就有點受不了了。

「院長！」夏宇推開虛掩著的門，有些靦腆地向李傑打著招呼。

在紅星醫院工作的這一段時間，李傑對這個「包子醫生」一直照顧著。當李傑看清楚是夏宇的時候，便將自己的姿勢調整了一下，對於夏宇，李傑還是覺得有點可惜。

這樣的一個勤奮而又有天賦的人，上天又是那樣的不公平，雖然自己是一個心胸外科的專家，但是對於夏宇的這種病情，自己還真是無能爲力。也是照顧到夏宇的病情，李傑並沒有讓他幹很多的活，也就是讓他幫韓磊打打下手。夏宇起先也是一個勁地點頭應承了下來。

可是當李傑向韓磊詢問了一下，才發現夏宇並沒有和答應自己的一樣，只是幫韓磊打打下手。夏宇將韓磊安排給自己的工作完成了以後，還經常去幫忙，不是在門診那裏跑前跑後，就是在住院部那裏忙上忙下。

韓磊有幾次實在是看不下去了，也跟夏宇說過幾次，可是過了不久，他又如以前了。在萬般無奈之下，他便暗地裏給幾個醫生打了招呼。

這一下，夏宇可有點不太樂意了，在和韓磊商量了一下後，他讓韓磊做出了一點讓步。韓磊將夏宇安排到了一個工作相對輕鬆，卻又一刻也不能離開的工作崗位上。

夏宇也找過韓磊幾次，讓韓磊給自己重新安排一個崗位，韓磊都以夏宇的身體狀況不允許爲藉口給推辭掉了。

看著夏宇的樣子，李傑心裏便將夏宇的目的猜到了七八分。

夏宇站在那裏，努力地咽了一口口水，將自己的想法原原本本地告訴了李傑。他希望李傑可以答應自己的要求。

「夏宇，你的心情。我也是可以理解的，不過……」李傑聽完夏宇的要求以後，臉上流露出難辦的神色。

這個夏宇怎麼一點都不知道愛惜自己，他的身體情況，自己應該是最清楚不過的了，可是他卻好像不知道自己的病情一樣。

本來就有先天性心臟病，雖然紅星現在很缺人手，但也不能這樣。一個好的身體是一切的先決條件。夏宇這樣拚命，以他的身體狀況，有很大的可能就是堅持不了多久。

李傑再一次給夏宇解釋了一番，還給夏宇提出了幾個條件。聽完李傑的解釋，這一次夏宇沒有像前幾次一樣非常爽快地答應李傑的條件。

「院長，我的情況，我自己最瞭解！」夏宇對於李傑的條件，絲毫沒有什麼接受的樣子，反而向李傑提出了一個自己的條件。

「不可能！」當李傑聽到夏宇的條件以後，就從椅子上站了起來，異常乾脆地拒絕了夏宇荒唐的條件。

夏宇的條件很簡單，就是讓李傑爲自己做一個心臟病的手術，好讓自己恢復正常人的生活。雖說是現在自己的生活已經比以前有很大的改觀，可是總是像一個被保護動物一樣，被這麼保護著，他覺得也不是一個長遠的辦法。

夏宇，這小子也真是的！李傑看著夏宇，沒有說一句話，就這麼站在椅子邊，心裏面有一種要發怒的衝動。

夏宇的先天性心臟病，是一種不多見的心臟病，就以目前國內的水準來說，這個手術的難度是無法想像的。

這種手術的成功率只有區區的百分之五十，況且，手術以後的成活率也很低。這也就意味著，在手術台上的夏宇只有一半的機會可以走下手術台。

即便是手術成功了，手術後五年、十年、二十年的存活率也是少得可憐。李傑不想看著夏宇在做完手術以後，過不上幾年正常人的生活。

「院長！」夏宇看著李傑發怒的樣子，猶豫了片刻以後，再次鎮定了下來。他打算再次將自己的想法，給李傑解釋一遍。

「夏宇，這個手術的風險，你又不是不知道！」看著夏宇執著的樣子，李傑在心裏歎了一口氣，然後搖了搖頭，向他緩緩地解釋著。

對於手術的成功率和存活率，夏宇比誰都要清楚，可是他不想自己這一輩子就這麼一直背負著心臟病的枷鎖。

生命的意義就在於自己究竟幫助了多少人，而不是被多少人幫助過。以前夏宇受到過許多人的幫助。李傑也好，還是其他的什麼人也罷，夏宇的內心都充滿了感激。

雖然說手術存活率低得可憐，但是一個正常人的生活才是他更加羨慕的。

看著夏宇一臉什麼都知道的表情，李傑再次地搖了搖頭，在心裏暗暗地嘀咕了一下，看來這個夏宇是鐵了心要做這個手術。

李傑對於夏宇的這個想法是完全反對的，雖然手術可以將夏宇變化成爲一個可以正常跑跳的年輕人。但是在那短短的一段時間裏，夏宇又可以感受到什麼呢？

不做這個手術，還可以安安全全地活上二三十年，在這二三十年的時間裏，夏宇可以做很多的事情。

可是做了手術又能怎麼樣，難道就是爲了感受一下正常人的生活？說不定在手術以後，夏宇的時間會縮短很多。按照這樣的情況，李傑是堅決不允許夏宇做手術。

就在李傑和夏宇兩個人都不肯讓步時，院長辦公室的門被一股猛烈的狂風給推開了。

「李傑，有辦法了！」一個人腆著向外突出的龐大腹部，從外面走了進來。

李傑看著手裏拿著幾張紙的安德魯，低下頭，苦笑了一聲。這個夏宇的問題還沒有結束呢，這個安德魯又過來湊什麼熱鬧啊！

「啊，李傑，你的手現在有救了！」安德魯也沒有理會夏宇，一進門就抓著李傑的手不停搖晃著，一邊搖晃，一邊還在李傑的臉上，添加著自己的「標點符號」。

「你說，你說！」李傑誇張地用手抹了一把臉，招呼著安德魯坐下。讓這個激動得不知所措的胖子，慢慢地將他的發現詳細地說了出來。

「我給你說啊……」安德魯在李傑那寬大的沙發上，活動了一下自己肥碩的屁股，向李傑詳詳細細地解釋了一番。

原來，安德魯通過自己的關係，將李傑的病症發給了自己的幾個朋友，在努力查找了一陣以後，安德魯發現，李傑的這個遺傳病並不是無藥可治。

「真的？」李傑在聽完安德魯的解釋以後，臉上露出了狂喜的神色，看來自己的手也有救了。老是用放血療法，也不是一個長久之計，雖然可以暫時緩解一下病情，但是始終會復發的。

安德魯將手裏的幾張紙遞給李傑，就沒有說話了，順手從桌子上拿起一份文件，用自己那蒲扇一般的大手抓住，就當做扇子開始給自己降溫。

李傑將手裏的這幾份資料前前後後地看了幾遍，內心的驚喜之色，慢慢浮現在自己的臉上，看來還真是像安德魯所說的那樣，自己的手是有救了。

在李傑看著手裏資料的時候，安德魯將夏宇招呼到自己的身邊坐下。對於這個李傑的小跟班的情況，安德魯也是聽說過多次。

對於夏宇的工作認真勁，安德魯也是十分欣賞，不過他更加喜歡的是夏宇的那一種不服輸的精神。

認真地詢問了一遍夏宇的情況以後，安德魯坐在那裏，也和李傑一樣，不再說話了，他將手裏做扇子的文件放下，用自己粗壯的手指頭，一個勁地揉搓著自己的下巴。

「安德魯，什麼時候可以走？」李傑快速將幾張資料看完了以後，打斷了安德魯的沉思，向他焦急地問道。

在李傑看來，自己手上的問題越快解決，就越可以將幾個病人從死神手裏解救出來。

「半個月！」安德魯頭也沒回地說了一句，似乎被什麼問題困擾著一樣，眉頭緊鎖，一副思考難題的樣子。

「李傑，這回出去的話，將他帶上！」安德魯坐在沙發上眯起眼睛思考了片刻，然後，看著李傑，指著夏宇，態度有些生硬地說著。

夏宇？出去治療爲什麼要把他帶上啊？李傑看著語氣強烈的安德魯，也不知道他那肥胖的腦子裏，裝的是什麼想法。

「他的病，我有辦法！」安德魯的眉毛一挑，語氣平靜地說出了一個讓李傑都感到不可思議的答案來。

夏宇睜大了眼睛，看著安德魯，有點不敢相信自己的耳朵。李傑也是一臉的疑問，除了那個存活率極低的手術，他實在是想不出有什麼方法。

「你爲什麼要做這個手術？」安德魯沒有理會李傑和夏宇的疑惑，只用一種淡淡的口氣，向夏宇問著。

「我想以一個正常的我，來幫助其他的人！」對於安德魯的提問，夏宇還是那個想法，沒有絲毫的改變。

「你不在乎那短暫的生命？」安德魯睜大了自己的眼睛，看著夏宇，又看看呆呆地站在那裏的李傑，問了一句。

「只要可以正常地生活，不再需要其他人的幫助，還可以幫助其他人，就是一年的時間，我也認了！」夏宇說出這句話的時候，神情很是堅決，沒有一點的猶豫。

安德魯看著李傑，沒有說話，只是讓自己肥碩的手指頭在沙發的扶手上不斷地敲擊著。夏宇的回答也太讓他感到驚奇了。

李傑看著夏宇義無反顧的表情，將手裏的資料慢慢地放在了桌子上，然後坐回到椅子上，長長地歎了一口氣，將頭靠在椅背上，抬頭看著天花板，依舊沒有說話。

夏宇看著李傑和安德魯沉寂的樣子，只是一直在那裏站著。剛才從安德魯的口中得知，自己的心臟病不是沒有辦法。只要有活下去的希望，哪怕只有不到百分之一的機率，他也願意一試。而且，對於安德魯口中的方法，如果不去嘗試一下，又怎麼知道到底行不行得通。

李傑是一個普通人，他不是神仙。他所做的手術不過是在技術允許的範圍之內，將手術的技術發揮到了極致。

人體本身就是一個奇蹟，這個奇蹟是無法破解的。即使在科技如此發達的今天，人體的未解之謎依然無數。

先天性心臟病有很多是不能做手術的，夏宇的心臟就是一個很好的例子，李傑不能認同他的觀點。

「生命如煙花一般的燦爛，即使那璀璨過後便是滅亡。但起碼能證明我存在過，起碼我照亮過黑暗的夜空！」夏宇平靜地說道。

「我明白了，準備一下吧，到時候我們一起走！」李傑對夏宇說，接著他又轉頭對安德魯說道：「我要回家一趟。」

「好的，反正我還要幫你們辦簽證，這也需要很多時間，你就安心地回去吧。」安德魯攤手道。

李傑想起家裏，就想到了年邁的父母以及爲了自己付出無數的姐姐，還有那個淘氣的弟弟。本來這次應該早一點回家看看的，但是卻因爲紅星醫院耽誤了行程。現在塵埃落定，一切都已經解決了，再也沒有什麼阻攔他回家的事了。

坐在車裏的李傑有些忐忑不安，好像小媳婦初次進婆家門一般。說起來，這次離家的時間並不長，但對於家的思念卻是異常強烈。

下了車，李傑隨手攔了一輛計程車，對司機說道：「司機先生，益生大藥房。」

司機是一個四十多歲的中年人，他通過後視鏡看了看李傑，然後說道：「去看病麼？益生的主治醫生胡澈出門了，不過他的徒弟也不錯，醫術也算高超。你算是找對地方了。現在像你們這樣從外地趕來看病的人真是越來越多了……」

徒弟？李傑愣住了，胡澈什麼時候有了徒弟，自己怎麼不知道？

明亮的落地窗，川流不息的行人，忙碌的員工，這是李傑下車第一眼所看到的。益生藥店因爲藥品價格便宜，又擁有醫術與醫德並重的名醫，所以才有了今天的成功。

「您好，是看病還是抓藥？看病請去排隊領號碼牌，抓藥這邊請。」李傑剛剛進門就聽到一個甜美的聲音在自己的耳邊響起。

一個穿著護士服的女孩子，十七八歲的樣子。她應該是衛校畢業的吧！李傑心想。這麼年輕，應該是剛從學校裏出來的，很多年輕的衛校學生出來工作都很難讓人滿意，但是這個人給人的感覺卻與眾不同。

這讓李傑很是欣慰，自己不在這裏，卻搞得比自己在這裏還要好。李傑不僅感歎，自己是小瞧了這個姐姐。

「我找經理，李英。她在後面的辦公室？」李傑問道。

「啊？你怎麼知道？」小護士驚訝道。

李傑也不回答，徑直向辦公室走去，可是沒有走出幾步，他又停了下來，因爲他看到了一個熟悉的面孔。

這個熟悉的人此刻正襟危坐，正在給病人看病。一會兒聽診，一會兒又把脈，舉手投足之間，頗有幾分胡澈醫生的樣子。

「難道他就是胡澈的徒弟？」

此時此刻，這個人也看到了李傑，但是因爲有病人，他不方便來迎接，只能遠遠地喊：「李傑老師，您來了？小……李英經理在後面辦公室。」

他本來想說小英，但是卻沒有說出來，最後改口直接說出了李英的名字。李傑對他的表現有些奇怪，但也沒有追究。

一句李傑老師讓在場的患者都用一種特別的目光注視著他，這個年輕人竟被稱爲老師。

李傑不禁皺了皺眉頭，這個醫生正是原來L市醫院的江海洋，長得白白淨淨，是大學畢業生，以前整天在李傑身後叫老師。

李傑帶著疑問，在患者的注視下向著經理辦公室走去。

剛走幾步，辦公室的門卻開了，然後，李傑就看到姐姐走了出來。此刻的李英與李傑印象中的姐姐形象大不相同，像換了個人一般。

她穿一身傳統的花紋連衣裙，顯出無盡的嫵媚與美麗。一個人的狀態很大程度上取決於心理，擁有一份好心情，看起來自然漂亮。她的形象變化可能就是因爲心情變好的緣故吧。李英從來也沒有像今天這麼高興與輕鬆過。

李傑回家沒有事先通知，李英雖然知道李傑早晚會回來，但是沒有想到會這麼快。

「弟弟，你回來也不通知一聲，快來坐下休息一會兒！」

「不用，我不累。姐姐找個白大褂給我，這裏這麼多病人，我怕江海洋醫生忙不過來。」李傑說。

「他啊，你不用管他，他這樣已經很久了，不用擔心，胡澈老師在的時候他就這樣。他也很喜歡這樣。」說起江海洋，李英的臉上泛起幸福的微笑。

李英說到江海洋時的神情讓李傑覺得奇怪，但很快他就明白了，因爲他也看到了江海洋看李英的眼神。

李傑同時也明白了，姐姐爲什麼會變得光彩照人。在愛情滋潤下的女人是最美麗的。特別是過慣了苦生活的李英，現在的生活對她來說是很滋潤的。

李傑笑了笑，放下手中的背包，然後找了一件白大褂穿上。

看病的人很多，一直到晚上，李傑他們都還沒有忙完。江海洋似乎已經習慣了這樣的生活，一點都不覺得累。

李傑卻感覺腰酸背痛，口乾舌燥，如果他還是李文育，肯定會以爲自己老了，但是現在自己明明是二十歲的身體，怎麼會老呢？

正在迷惑的時候，李傑才發現，其實不是自己老了，而是江海洋這個傢伙太變態了，他有愛情的滋潤，怎麼會感覺到累呢？

其實江海洋天天都是這樣，工作在他眼中就是一件美好的事情。通常情況下，忙碌一天以後，他又跑去幫忙幹別的活，打掃衛生，傾倒垃圾……儼然一個活力小超人。

他所做的這些，不過都是爲了博得愛人的一個微笑，一句贊許，一點好感而已。這就是戀愛的人，他們的身體不能用醫學的理論去解釋。

江海洋這個人以前並沒有給李傑留下太多的印象。在李傑的腦海中，他不過是一個很平凡的大學畢業生，醫術一般，但是人品卻不錯。

胡澈爲什麼會選擇江海洋作爲自己的徒弟呢？李傑用餘光看著這個白淨得好像大姑娘一般的傢伙，心裏是一百個疑問。

江海洋不知道李傑正在盯著他，他此刻正在全神貫注地做診斷。眼前是一個中年的男子，面部略微浮腫，身體虛弱，腰酸背痛，並且有肉眼可見的血尿，經過診斷應該是腎炎。

腎炎有很多種，每一種的治療藥物都不相同。益生藥店畢竟是一個小診所，沒有那麼多的檢查儀器，確診腎病需要很多實驗室的輔助檢查。

「大夫，我的病怎麼樣啊？」中年患者看到江海洋一臉的愁悶，心中暗自擔心，終於忍不住開口問道。

江海洋此刻也在犯難，像這樣的情況，通常醫生們都是開中藥。中醫理論沒有那麼細緻，但是卻一樣有效果。

不過，治這種病的中藥副作用很大，需要監視治療，而且這個患者按照實際的情況來看，去醫院做檢查確診更加合適一些。

「您去醫院做點檢查吧，這個病不做化驗沒有辦法診斷！」江海洋說道。他知道自己可以給患者開中藥，治癒的機會也不小，就算不能治癒，他也沒有責任。

但是這畢竟是一個人的生命，一個人的健康。這種病如果早期不能得到及時救治，很容易發展成爲腎衰竭，然後變成尿毒症。

「醫生你要救救我啊！我還有妻兒老小等著我養活啊！誰都知道你醫術高超，你如果不能救我，醫院肯定也不行了！」患者的聲音幾近哀求。

「對不起，我真的不行！我們這裏不是醫院，沒有檢查設備。」江海洋解釋道。

患者似乎鐵了心，一定要在這裏看病。他們覺得醫術就是一切，所謂的儀器檢測都是騙人的。他們不知道，沒有檢查就不可能知道身體內部病變的情況。又怎麼可能對因治療呢？

「大叔，您別著急，您就按照這個條子寫的去做檢查，檢查完了再回來！」李傑看到江海洋擺平不了這個患者，於是將需要檢查的各種項目寫到紙條上，然後遞給患者。

李傑這麼做果然有效，在大家眼裏，這個皮膚黝黑的小子雖然看起來不怎麼可信，但是江海洋醫生叫他老師，肯定有那麼兩手。

江海洋因爲這件事弄得臉有些發燙，過了好一會兒才恢復過來。他感激地看了看李傑，發現李傑正在專心地看病，於是，他便儘量集中注意力，將所有的精力都用在患者身上。

李傑貌似專心看病，其實心中卻在想著江海洋，這個有可能是姐姐未來的真命天子的傢伙，李傑與他接觸得不多，對他也不是很瞭解。

李英是李傑在這個世界上最關心的人之一，這個爲了自己差點毀掉一生幸福的女人，李傑絕不會再允許她受到一丁點的傷害。

李傑從開始就已經注意觀察江海洋了，雖然時間很短，不過從剛才的那件事情上，李傑知道了，這個人爲什麼可以做胡澈的弟子。

剛才江海洋明明可以按照中醫的方法來治療這個患者，這樣的診斷治療都是正確的，一般的醫生也都會這樣做，但是他卻為了患者著想，選擇了更加適合這個患者的西藥。在李傑看來，這不僅僅反映了江海洋醫術高超，同時也反映出他的醫德高尚。

一個好醫生最重要的是醫德，醫術可以培養，但是醫德卻是天生，這就是胡澈看重江海洋的地方。

想到這裏，李傑又偷偷地看了姐姐一眼，發現姐姐正在含情默默地看著江海洋，心中不由得歎了一口氣。戀愛中的女人和男人都是一樣的啊！

益生藥店一般都是晚上關門。因爲李傑的加入，病人們很快都拿著藥回家了。李傑也就在藥店沒關門時就回了家。

其樂融融的家庭讓李傑感覺異常溫暖，經歷了太多的鉤心鬥角，身心疲憊的李傑真想永遠在家裏，但是他沒有時間，用不了幾天，他還需離開，他需要出國治療自己的胳膊。同時，還有一個不要命的夏宇也想一起出去做手術。

一家人晚上吃了個團圓飯，父母總是有說不完的話，操不完的心。李傑已經是一個成年人，他當然不會像小孩子一樣不理解父母的苦心，嫌父母嘮叨。

這一天晚上，李傑跟父母聊到很晚。父母似乎要在這一個晚上將所有的話都說完一般。

李傑迷迷糊糊地也不知道什麼時候睡著了，夢中，他迷迷糊糊地看到了很多東西，沒有臉的，但又似曾相識的人，陌生的城市，卻又有一點點的印象。

模糊的圖像漸漸清晰，夢中的李傑又來到了國外，來到了手術室，然而這次手術卻不是他熟悉的場景。

習慣了做主刀的李傑竟然變成了一個患者，然後，他看到那個讓他厭惡的開胸器。當刺耳的電鋸聲響起時，李傑發現這個開胸器竟然對著他的胳膊割去。

他掙扎著大聲地喊叫著，但是卻沒有絲毫的作用，沒有人來幫助他。他急得滿頭大汗，那個無面醫生雖然戴著口罩，但是李傑卻覺得他在獰笑。他邪惡地獰笑著將李傑視如生命的手臂切掉。

「啊！啊！啊……」李傑大叫著坐起來，他發現那個獰笑著的醫生不見了，周圍的一切都不見了。

這是一個既陌生又熟悉的屋子，李傑突然想起來了，這裏是他的房間。雖然他從來也不在家裏住，但是父母還是給他準備了一個房間。

刺眼的陽光穿過窗戶肆無忌憚地照射進來，李傑揉了揉有些乾燥的眼睛，伸了個懶腰，跳了起來。

不用看手錶，李傑也知道現在時候不早了，如果不是做了個噩夢，他還不知道什麼時候能起來。

剛打開房門，李傑就看到母親坐在客廳裏，給他準備了一桌子的飯菜。可是，這大清早的，誰又能吃得下呢？

「你要去哪裏？不吃飯了麼？」李傑的母親問道。她在動了手術以後，身體好了很多，這幾個月的休養讓她看起來比手術前還要好很多。

「不吃了，媽，你不用擔心，我去藥店。」李傑一邊說著一邊穿上了鞋子，然後向藥店跑去。

李傑這次回來，還有一個重要的任務就是籌錢，紅星醫院的錢不夠用，他用藥店做了銀行貸款抵押。

現在李傑最在乎的就是家人，然後就是紅星醫院，這個醫院就像是他的孩子，承載著他的希望，是他生命的延續與發展。

第九劑

搗鬼的腎臟移植

檢查完畢以後，李傑靜靜地退出了病房，這個病人很明顯需要腎臟移植，
他雖然還不能掌握整個的情況，但是也猜測得八九不離十。
醫院在搗鬼，這個病人如果需要腎移植，那麼他的腎源肯定不是他的妹妹，
應該是王飛的妻子，因為這個病人可以接受王飛妻子的腎。
這個患者沒有必要騙一個不認識的醫生，所以他說的自己妹妹的腎臟移植給他，
肯定不是亂說，那麼他妹妹難道也要開一刀？

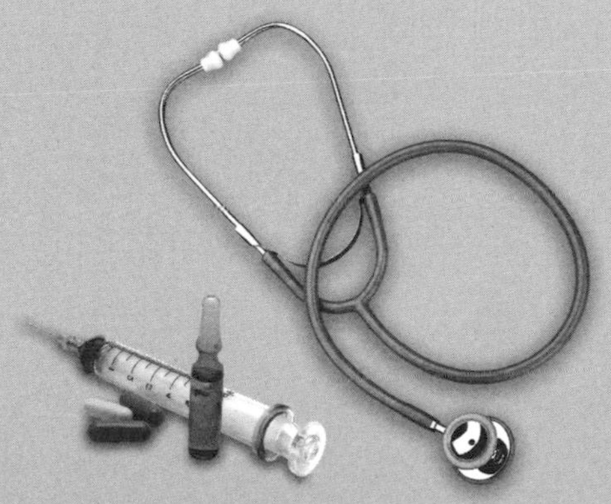

益生大藥房一如既往人多。李傑還在門口，就看到了與昨日一樣的景象，滿屋子的患者與忙碌的員工們。

「李老師您好！」李傑剛進門，那個昨天見到的小護士就恭敬地對他說道。

「我是醫生，不是老師。換個叫法吧，叫我小李哥吧！」

「小李哥。」小護士甜美的聲音差點讓李傑迷失。

玩笑歸玩笑，李傑很快就穿上白大褂，搖身一變，從一個農村黑小子變成了一個充滿知性的醫生。

李傑的看病速度要比江海洋快得多，畢竟他臨床經驗比較豐富，江海洋不過是一個剛剛出道的年輕醫生，在很多問題上都是按照課本上所說的來做，在診斷上都過於保守了。

藥房內的患者一個接著一個離開，新來的患者也有，但是比起離開的患者卻要少了很多。

李傑一直在數著屋裏剩餘的人，看著人數一點點地減少，他越來越高興，暗自興奮著終於可以脫離這個苦海了。

他決定以後絕對不心軟，坐門診這個活不是他能忍受的，繁複而無聊的工作讓人昏昏欲睡，不過，現在勝利的曙光已經照亮了黑暗的天空。

「下一個！」

「醫生，我要換腎！」

「嗯！換腎。」李傑附合著他的話，然後，他突然反應過來，驚問道：「換腎？」

「是啊，昨天你讓我去做檢查，醫院的人說了，我必須換腎。他們都安排我住院了。我有點害怕，所以偷偷跑過來問問，你們這裏能換麼？能換我就不在醫院裏換了！」

這個患者正是昨天的那個腎病患者，他昨天聽從了李傑的建議，去醫院做了檢查。他告訴李傑說，他到醫院檢查一番之後，竟然被通知需要換腎。

這個中年人是一個商人，雖然走南闖北見識了不少，但是對於醫學這方面卻是一竅不通，所以跑到這裏來詢問一下。

李傑聽到他的話，又是好笑又是吃驚，換腎手術是一個大手術，一般的小醫院都不能做，更何況這裏。

吃驚的就是，這個傢伙根本就不需要換腎。懂醫術的人都明白，換腎是尿毒症期才需要做的。而且換腎都需要經過謹慎的討論，換了腎不說身體不好，術後的費用也不是一般人能承擔的。

「你確定醫院讓你換腎？」李傑再次問道。

「是的！李醫生，你幫幫我吧。我聽說你是有名的外科醫生，我就在您這裏換腎了，我不去一醫。」

江海洋也注意到了這個患者，雖然沒有聽到所有的對話，但是也明白了事情的大概。他有些氣憤，第一醫院明顯是騙人嘛，實在是太大膽了。

他剛要發作，卻聽見李傑說道：「別擔心，這事就交給我吧！」

正事沒辦完，閒事卻一堆，李傑也不知道自己是對是錯，明明是回來探親，卻變成了義務坐診醫生，然後又扯上了換腎這麼一檔子事，籌集資金的事情只能先放在一邊了。

益生藥店的經理室一直都是李英的私人空間，這裏的裝飾很女性化，各種各樣的可愛玩偶讓人怎麼也想不到這裏是經理的房間。

此刻，經理室多出了三個大男人，李傑、江海洋以及一個中年的患者——王飛。李傑選在這裏談話是有他自己的想法的。

畢竟第一醫院是L市的老大，他不可能指著人家鼻子大罵庸醫。也許這樣可以大快人心，可以顯示他李傑的英雄氣概，可是他們的益生藥店怎麼辦？他們只有藥監局局長王奎和工商局的萬永軍幫忙，實力一般。人家作爲最大最好的醫院，幾十年的歷史，根基深厚，不是小小的益生藥店和李傑能抗衡的。

想到這裏，李傑也打定了主意，幫忙是要幫的，但是不能貿然地去問罪，一定要想一個好的辦法。

李傑坐在沙發裏悠閒地喝著茶水，王飛則沒有這樣的閒心，他一臉苦相地訴說著：「李醫生、江醫生，你們可要救救我啊！我上有老，下有小，都盼著我養活呢！」

「放心，行醫救人是我的本分，腎移植不會死人的！最重要的是你不需要腎移植。」李傑拍著王飛的肩膀說道。

「我不用腎移植？我沒有聽錯吧？」王飛驚訝道。

「當然沒有。你根本沒有到腎衰竭的程度，你看你還生龍活虎的，跟正常人沒有什麼區別，怎麼會需要做移植呢？」江海洋說道。

「沒有錯，肯定是第一醫院弄錯了。」李傑笑道。

王飛聽了李傑的話，那樣子像是重生了，那種喜悅就連李傑和江海洋在旁邊都能清晰地感覺到，畢竟一瞬間「從死到生」不是每個人都能經歷的。

「太好了，醫生，你們能陪我回家去告訴我的家人麼？他們都在擔心我。如果我去說，恐怕他們都會不相信我。」

本來李傑以爲他會讓自己陪他去醫院，誰知道竟然是讓自己去跟他的家人解釋。他心中雖有疑問，卻也沒有多說，於是點頭同意了。

因爲益生藥房還有患者要照顧，所以江海洋留了下來，李傑單獨陪著王飛去找他的家人說明情況。

出了益生藥店，王飛隨手攔了一輛計程車，幫李傑打開車門，卻突然聽到李傑說：「到你家，需要我實話實說麼？」

王飛一愣，他沒有想到李傑會突然問了這麼一句，但他很快反應過來說道：「我怕他們擔心。你就說我的病不是很嚴重，不用換腎，不用開刀，只需要吃藥就好了！」

「其實你本來就不嚴重麼！」李傑說完，笑著上了計程車。

王飛的家距離藥店並不遠，沒有幾分鐘就到了。他家是開飯館的，是那種不很大的飯館，但是生意很好，這會兒正是午飯時間，整個店客人爆滿。

「生意不錯麼！」李傑笑著說道。

「還可以吧，小本生意，人雖然多，但是賺不了多少錢啊！我這裏賣十桌的利潤也比不上人家大飯店一桌，小本經營總是比不了財大氣粗的老闆們。」

李傑徹底無語，這個王飛一直苦著個臉。本來李傑想找個話題活躍一下氣氛，誰知道這一活躍倒是更讓這個傢伙鬱悶了。

「李醫生樓上請，我準備好了酒席。」王飛伸手請道，然後又轉身對他的妻子喊道：「孩子他媽，你過來一下，益生藥店的醫生來了。」

李傑有些不好意思，所謂無功不受祿，在他看來，自己是沒有吃這頓飯的資格的，但是又不好推脫，只能在心中暗自搖頭，看來自己這份人情是欠下了。

王飛倒是沒有想這麼多，拉著李傑上了樓，而且一改剛才的苦悶，露出了久違的笑臉。特別是在面對他妻子的時候，他似乎身上病都好了一般。

李傑仔細地打量了一番王飛的妻子，這是一個四十上下的女人，有些蒼老的面容，說明了她並不注重保養。

一身工作裝很清楚地說明了她是一個沒有把自己當做老闆娘的勤勞女人。李傑有點羨慕這對夫妻，妻子勤勞賢慧，丈夫溫柔體貼，爲了不讓妻子擔心，還特意找自己來說明情況。

「這位醫生是？」王飛的妻子疑問道。

「他是江醫生的老師，李傑醫生。你不知道，益生藥房的女老闆就是他的姐姐。他可是大醫院回來的！」

李傑根本不在乎對方的質疑，幾乎所有人都覺得他年輕，這也是中國人的習慣，找醫生一定要找老醫生，彷彿老醫生就是權威，殊不知年輕醫生中也是有好醫生的。

「李醫生您好，老王說他不用開刀，是真的麼？你不能騙我啊。」

「當然不是騙你，他身體狀況不錯，如果真的要換腎的話，沒有人可以這麼生龍活虎的，第一醫院應該是判斷錯誤了！」

在得到了李傑的肯定回答以後，王飛的妻子終於放心了，這麼多天以來，她一直在操心丈夫的病情，當她聽說要開刀換腎的時候，她的心都碎了。

她爲此還瞞著丈夫偷偷地去做了配型，很幸運，她的腎臟可以移植給丈夫，但是醫療費用卻是負擔不起。

正在高興的時候，她突然想起了什麼，轉而對李傑說道：「那醫院不是騙了我們？我要去告醫院，如果不是李醫生這麼好的人，恐怕我們真的被他們黑了！不僅僅是白白付了那麼多的醫療費用，還要挨上一刀！」

她義憤塡膺地說著，那聲音中充滿了憤恨。這也是很正常的。騙子人人都恨，特別是爲了騙錢還毀掉了別人生活的人。

正在王飛的妻子準備再次發洩怒火時，李傑發現當事人王飛卻低頭不語，這讓李傑覺得很奇怪。

這異常的沉默與冷靜讓李傑覺得有些怪異，於是李傑試探著說道：「其實要求賠償也不是不可以，他們已經誤診了，我希望你們能拿到證據。比如醫院開的手術單據等等！」

「好的，我們會想辦法，我不能讓這些混蛋醫生坑害百姓。這些禽獸醫生！」王飛的妻子怒罵道，然後她想起李傑也是醫生，於是又轉而道歉地對李傑說道：「不是說您，你是爲民的好醫生，我在罵那些混蛋醫生。」

罵醫生的人多了，李傑也不在乎這一個。這些話他從來不往心裏去。現在他更關心的是王飛的怪異表現。

在王飛妻子罵醫生的時候，王飛表現得很不自在，似乎胸口被大石壓住了一般。等了半天，他才說道：「你去叫飯菜上來吧，我跟李醫生喝兩杯！」

很明顯，王飛是想把他的妻子支開。也許他有什麼話要對李傑說吧。李傑也明白這個道理，並沒有說什麼。

此刻，包間裏面只剩下李傑跟王飛兩個人。王飛點著一支煙，深深地吸了一口，他彷彿要把煙吸進靈魂裏一般，煙吸進嘴裏，然後閉上了眼睛，好一會兒才吐出來。縷縷青煙變幻著各種形狀，然後漸漸地消散，彷彿不曾存在過一般。

「有什麼就說吧！是醫院威脅了你麼？害怕醫院報復？」李傑問道。

「這件事就這麼算了吧！畢竟我沒有損失什麼。」王飛抖了抖煙灰說道。

李傑明白王飛的話，也明白這些道理，但是在他的骨子裏卻有一股子牛脾氣不願意服從這個近乎法則的道理。

「不用害怕他們，如果是這樣，我可以幫你。我相信法律面前人人平等，自然會還你一個公道！」李傑拍著他的肩膀說道。

王飛沒像李傑想像的那樣感動得痛哭流涕，他只是苦著臉說道：「謝謝李醫生，我不打算告他們了，就這麼算了吧！」

他這麼說，李傑更感覺他應該是受到了什麼威脅，他的反應實在是太不自然了，從開始到現在，很多地方都表現得不自然。

李傑站起來對王飛說道：「好了，你安心養病，晚上再去我那裏一趟，我給你配點藥物。」說完轉身離開，王飛挽留他也不聽，李傑這是驢脾氣發作，非要調查清楚不可。

他雖不願意得罪醫院，但此刻他覺得醫院欺人太甚，一個小地方的醫院怎麼能這樣呢？一個醫院就算貪點也是無所謂的，但是拿病人的生命來賺錢，來賺取名聲就不行了。凡事都是有個底線的，醫院就是賺錢也不能拿病人的生命開玩笑。

從一開始他就對這個醫院的印象不好，那個混蛋院長在對待李傑母親住院的問題，以及對待胡澈醫生的問題上，都讓李傑覺得官僚主義作風嚴重，是一個十足的敗類。

李傑剛走下樓，就碰到了王飛的妻子。此刻，她正親自端著盤子往樓上走。當她看到李傑匆匆下樓時，不由得疑問道：「李醫生，您這是去哪裏啊？」

「我去趟醫院，就不在這裏吃了。」李傑笑著說道，接著他又發現了一個問題，王飛妻子拿的飯菜是腎病者忌諱的食物，於是他又說道：「這些東西王飛不能吃，以後他的飯菜都要注意……」

「這個我知道，這些都是爲您準備的，誰知道您卻要走了。」王飛的妻子惋惜地說道。

「嗯，以後也要保持飲食的合理性，要不然病情會加重。」李傑囑咐道。

「哎，我知道，可是他這個人總是不注意，開始還能堅持，這幾個月他總是自己偷吃……」

「幾個月？」

「是啊！他最近一年都在控制飲食。」王飛的妻子說道。她並不覺得這有什麼不對。可是在李傑的眼裏，這就是有問題的。

李傑抬頭看了一眼樓上的房間，並沒有說什麼，轉身離開了這個小飯店。

此刻的李傑心中充滿了疑問，這個王飛已經病了幾個月了，但是他卻從來也沒有說過。甚至去看病的時候，他也是含糊其辭地說病了很長時間，並沒有說病多久。

李傑猜不到其中緣由，只想可能是王飛沒有在意，並不是故意不告訴他真正的病情。雖然存著疑問，但這不重要。此刻，他心中最關心的是醫院的問題，不親自去瞭解一下情況，他是怎麼也不會放心的。

醫院中隱藏這一個毒瘤，不挖出來，李傑總是不放心，換腎這麼嚴重的事他們都能編造出來，恐怕以後他們還敢編造換心臟的事。

醫院裏是白色的大樓，這裏跟李傑第一次來的時候相比，沒有什麼變化。

醫院裏認識李傑的人還不少，上次胡澈的事件大家都記憶猶新，那件事算是這個沉悶的醫院很多年以來最重要的事了。

李傑不想驚擾這些人，所以偷偷地跑了進來。醫院的人並不是很多，特別是一些小的疾病，幾乎沒有人來這個醫院看了。

L市的這個醫院的腎病專科還是很有名氣的，李傑上次來的時候沒有注意到，此次到來，他才發現。

在辦公室的門口，李傑發現了一個貼在牆上的計畫表，這正是一個關於腎移植的計畫表，看到這個，李傑終於明白了。

腎移植這個手術不是所有的醫院都能做的，特別是這樣一個小城市的醫院，能夠做的手術都是很低級的，像腎移植這樣的大手術對他們來說是一種難得的機會。

站在門口，李傑心想：「難道王飛算是一個不符合實驗規格的試驗品？他們為了做這個手術將王飛推上了前台？如果是這樣，就太可惡了，他們居然為了醫院的成果將一個無辜的人推上手術台！」

不過這都是李傑個人的推測而已，一切還都需要他來證實一下。李傑敲了敲門，走進屋裏問道：「醫生，我是王飛的外甥，我想問問我舅舅的病情。」

「王飛的外甥？你們可算有個人出現了，他還是拒絕手術麼？你是大學生吧？」醫生一邊說著一邊拿王飛的病歷，然後遞給李傑，補充道：「你是大學生的話就應該勸勸他，畢竟你是有知識的人。」

「好的，我是學醫的，我明白你說的話。」李傑笑道。這個醫生並不認識李傑，這讓李傑感覺很幸運。

當拿到病歷的時候，李傑覺得像被雷劈到了一般，病歷上的情況跟王飛自己敘述的根本不同。

「患者，也就是你的舅舅已經進入了尿毒症期，現在的生活都是依靠著透析來維持。這麼下去也不是辦法，換腎是解決尿毒症的唯一途徑。」醫生說道。

李傑點了點頭，醫生說的話他都明白。不過，他不是王飛真正的外甥，他也不是來問病情的。此時此刻，李傑的心中是一片空白，他最恨的就是被人家欺騙，而他今天則真的是讓人家給騙了。

王飛這個傢伙明明需要做手術的，明明應該是做了透析以後才去他們診所看病的。想到這裏，李傑已經怒火中燒，他恨不得馬上跑去質問，為什麼要欺騙他。

但是李傑很快冷靜了下來，同時也有點不願接受這個現實，他打算好好看看這個病歷，也許是這個醫院在搞鬼。

可是，他又覺得這樣的可能性微乎其微，醫院不可能寫出一堆假病歷，這些都是李傑一廂情願的想法而已。

越看越失望，李傑幾乎可以肯定這份病歷是真的，然而就在他快要放棄的時候，他終於發現了疑點。

這個腎臟置換手術的腎源就是王飛妻子的腎。他們兩個能夠配型成功，本來李傑覺得是很幸運的事情。但是現在他卻發現這其中的疑點，如果是一個對醫學不是很瞭解的人，或者粗心大意一點，絕對不會發現其中的問題。

這上面給的資料根本就是錯誤的，如果按照資料來看，兩個人的配型是不可能成功的。

他心中又燃起了希望，這個手術還是有問題的。掌握了這個問題以後，他終於長長地出了一口氣。

「醫生，我會回去勸說的！」李傑將病歷還給醫生說道。

「那就好，如果不換腎也可以用透析來維持生命，但這個費用太高了。而且很痛苦，希望你能明確地告訴他，這次手術的專家是C市來的。手術你可以放心，把握是很大的。」

李傑點了點頭準備離開，此時心中已經有了主意，他打算回去問問王飛具體的情況。可是還沒有走出辦公室的大門，他的注意力被牆上的那個手術計畫表吸引住了。

「醫生，除了我舅舅，還有別人要做腎移植麼？」李傑問道。

「是的，一共兩例手術。」

「謝謝！」

兩例手術沒有什麼稀奇的，不過兩個手術同時進行就讓人看不懂了。爲什麼兩台手術要在同一天，幾乎同一個時間進行呢？

手術的專家教授只有一名，他又怎麼能分身來做兩台手術呢?莫非他是三頭六臂的神仙不成?

「問題肯定出在兩個手術患者的身上了，看來需要去調查一下。到底王飛是不是真的需要換腎?是真的病人還是假的病人?」李傑心中想道。

人生百味，各有酸甜苦辣，家家都有本難念的經。L市的第一醫院也在其中，李傑的益生藥店開業，對其是一個很大的衝擊。

李傑一直認為，當醫院變成了生意，其性質就會變了。鼓勵競爭是正確的，但是競爭中帶來的負面影響確實讓人痛苦。

醫院如此重視換腎手術的原因也就是為了競爭。一個大的手術完成，無異於一個巨大的廣告，向全市人民宣佈，看病還是要到實力強大的醫院來。

李傑對此也並不感興趣，其實病人去什麼地方看病都是無所謂的。他的益生藥店也沒有打算賺多少錢，首先，它不過是送給姐姐的一個禮物而已，再次就是想讓百姓買到便宜的藥，減少一些家庭負擔罷了。

可是現在，醫院竟然搞惡性競爭，為了做手術，採取欺騙患者的辦法，這已經超出了李傑容忍的範圍。王飛的妻子跟他的配型根本不符，腎臟移植也就根本無從說起。

同時進行兩台手術也讓人擁有了無限的想像空間，李傑感覺事情沒有那麼簡單，很有可能是在欺騙，是讓王飛妻子的腎臟移植給另一個患者。而王飛很可能就是一個假病人，所以移植不移植都是無所謂的。

這不僅是李傑的想像，王飛的症狀也說明了他並不是一個尿毒症的患者。這也更加堅定了李傑的想法。

醫院的院長如果真的敢做這樣的事情，那可真是膽大包天。腎移植手術現在是這個醫院的救命稻草，看看醫院大廳就能明白，稀稀落落的人群，完全沒有了往日的喧囂。

不僅僅是醫生，掛號處護士最近都很悠閒，平時她們總是在叫嚷著工作勞累，不過此刻清閒了下來卻又懷念勞累的日子。因爲病人少了收入也少了，效益太差，醫院也無力負擔獎金。這個社會很現實，沒有錢什麼都沒有。

想起獎金，掛號的護士就唉聲歎氣，這個護士就是上次那個收李傑母親入院的護士。因爲她魯莽地將李傑母親收入醫院，惹怒了院長，差點被辭退。

她知道自己升爲護士長的希望是沒有了，工作不順利也就算了，可是最近醫院效益不好，她們的收入都少了很多。

在愁眉苦臉的時候，突然聽到一個富有磁性的聲音說道：「姐姐好久不見，怎麼愁眉苦臉的樣子，是不是想我了？」

小護士抬頭一看，忍不住驚訝地「咦」了一聲，然後杏眼圓睜，怒道：「怎麼又是你。上次你都害死我了，這次又來搗亂啊？」

「姐姐別生氣，我怎麼會害你，我是來幫你的，這醫院要完蛋了，沒有什麼發展了！益生藥店最近擴招人員，不如姐姐去試試？我有熟悉的人。」李傑也不理睬她的憤怒，嬉笑著說道。

「你是騙我吧，你怎麼能有熟人？我可沒聽說他們招人。」護士怒氣全消，疑問道。

李傑一看她上鉤了，於是把頭貼近這個小護士，小聲說道：「你們這裏的江海洋醫生你知道吧，我們是鐵哥兒們。我保證你能去那兒上班，我也是益生的醫生，不會騙你的。如果去了益生，我還可以照顧你……」

李傑不等她回答，繼續說道：「在益生藥店工作要比這裏不知道好了多少啊！最重要的是，在益生藥房我還可以幫忙，照顧你一下。」

可能是李傑最後的一句話「照顧你一下」起了作用，她紅著臉，有些害羞地點了點頭同意了。

李傑雖然不動聲色，心裏卻樂開了花。其實益生本來人手就不夠，天天忙得要死，早就應該雇人了。他現在這樣做算是一舉兩得，這第一個好處是雇到了有經驗的護士，其次就是要打探消息了。

「其實我是來探望我舅舅的，他要做腎移植手術，不知道在哪個病房？」

「院長說不能探視的！你要先去請示一下醫生。」

「好了，你明天就去報到吧，就說是李傑讓你去的。」說完，李傑轉身離開了。醫院的病房人很雜，所以也就沒有什麼人注意到李傑。

李傑本想直接去病房找這個患者，不過走到半途，他卻突然轉彎跑進了一個屋子裏，沒有幾分鐘，李傑出來的時候，他已經變成了一個穿著白大褂，戴著眼鏡的醫生了。

一個簡單的裝扮，讓李傑變了樣。雖然沒有醫生的胸牌，但是也不會有人追究，這裏的醫生那麼多，誰又會在乎這個有些陌生的傢伙是誰呢？

當病房中的患者看到李傑的時候，他只是覺得這個傢伙有點陌生，也沒有過多地懷疑什麼，只是奇怪平時監護他的醫生怎麼換人了。

「您好，我來給您做個檢查，順便瞭解一點情況。爲了您的手術做準備，主刀的醫生是我的導師。」李傑平靜地說道。

「那麻煩你了。」

李傑對患者的檢查主要是針對他的患病情況，查一下他是不是真正需要換腎。這樣的檢查說簡單也不簡單，說難也不難。

如果用儀器檢查，那是很容易的，可以在實驗室對尿液以及血液進行檢查。可是現在他什麼都沒有，只能用最簡單、最土的手法來檢查，這就需要很多的臨床經驗了。當然，患者不會對李傑懷疑，以為檢查就是這樣，如果其他的醫生在這裏，恐怕要驚呼上帝了，一個二十幾歲的醫生竟然什麼都會。

患者很配合李傑，這是一個五十多歲的人，雖然滿面的病容，卻依然注意外表，他頭髮整齊而光亮，就連他的睡衣都不是隨便穿的，熨燙得整整齊齊。

「你不要緊張，其實手術很容易的！」李傑突然說道。他是故意找點話來跟患者說，目的就是想多瞭解一些情況。

「手術成功的機會有多少？」患者突然問道。

「這主要看給您移植腎的人。一般手術中不會出什麼問題，如果你們兩個人排斥比較小，術後沒有排斥反應，就沒有問題。」李傑回答道。

「哎，我都半截身子埋進土裏的人了，還要連累我的妹妹。」患者突然歎氣道。

「您放心，就算把腎移植給你也不會對以後的生活造成太大的影響。」李傑安慰他，同時也結束了檢查，他已經得到了自己想要的答案。

檢查完畢以後，李傑靜靜地退出了病房，這個病人很明顯需要腎臟移植，他雖然還不能掌握整個的情況，但是也猜測得八九不離十。

醫院在搗鬼，這個病人如果需要腎移植，那麼他的腎源肯定不是他的妹妹，應該是王飛的妻子，因爲這個病人可以接受王飛妻子的腎。

這個患者沒有必要騙一個不認識的醫生，所以他說的自己妹妹的腎臟移植給他，肯定不是亂說，那麼他妹妹難道也要開一刀？

李傑雖然想不明白這個，但是這些都不重要了。現在需要的是去找王飛，把實際的情況告訴他，具體怎麼處理就要看他自己的了。

脫掉白大褂，摘下眼鏡，李傑將這些東西悄悄地放回到那個屋子裏，然後靜靜地走出了醫院。他回頭望了一眼白色的外科大樓，這個白色的如天使一般聖潔的大樓，裏面卻隱藏著多少不爲人知的骯髒的黑色交易啊！

李傑再次看到王飛的時候，他正在獨自喝著小酒，悠閒地哼著歌，似乎死亡距離他很遙遠，似乎他根本就沒有疾病一般。

「你不要命了麼？喝酒是大忌，難道你不知道麼？」李傑一把搶過他手中的啤酒瓶子大聲呵斥道。

「李醫生，你怎麼回來了？偶爾喝點而已。沒事，沒事！呵呵呵！」王飛笑道。

「我不來，你肯定能把這啤酒喝光了，我已經弄清楚了，你騙了我！」李傑厲聲說道。

王飛聽到這話以後，表現異常緊張，他趕緊拉著李傑坐下，小聲說道：「小聲點，不要讓我妻子聽到！」

他的表現超出了李傑的估計，不過李傑立刻就明白了，這個傢伙恐怕真的有事瞞著自己。

李傑剛才不過是對他開個玩笑，沒想到竟然瞎貓碰到死耗子，讓自己說中了，於是繼續說道：「你爲什麼這麼做？」

「你知道麼？我跟我妻子都是農村來的，我們摸爬滾打才有了今天這麼一個小的店面。」王飛說著，點著一支煙，靜靜地吸了一口，然後又說道：「我的兒子才五歲，我奮鬥了二十年，才來到城裏。奮鬥了二十年，才給我的兒子創造了這麼一個環境。他不用跟我一樣，需要奮鬥二十年才能脫離面朝黃土背朝天的生活。」

王飛看著李傑呆呆的樣子，苦笑了一下，又說道：「可能你永遠無法瞭解我的心情，我病了，我需要治療腎病，但是這需要一大筆錢，我不可能犧牲我們的生活來換取我一個人的健康。」

「你難道想靠著透析活下去麼？這樣不但更痛苦，而且花費也不少吧！還是你想就這麼撐下去？」李傑厲聲道。

「我不知道，走一步算一步吧！我不想因爲我的病，讓我的家庭就這麼毀了，也不想讓我的兒子背負著他父親看病欠下的債務長大。李傑醫生，對不起，我騙了你，其實我也不是有意的，我一直聽說你們的醫術高超，我本來打算碰碰運氣的，後來才想到騙我的妻子。」

李傑對王飛的話哭笑不得，他隱瞞實情，就算李傑是神醫，也沒辦法診斷出他的病況。

「我在C市有一個醫院，不過，動手術比起你兒子死去爸爸，我看要合算得多。」李傑淡淡地說道。這是他能做的最大努力了，雖然他被王飛騙了，但是他並沒有那麼生氣，反而更多的是同情。

王飛沒有說話，此刻他陷入了深思。有的時候，人的想法很奇怪，而且固執起來，就是大卡車也拉不動。

他此刻已經有了死的想法。在最初病倒的時候，他還幻想將自己的病治好，但是現在他已經放棄了。他甚至開始喝酒，吃東西也沒有了忌諱，他想在最後的日子裏像正常人一樣生活下去。

此刻李傑告訴他可以康復，但是，他知道吃藥也是要一筆錢的，而且數目也不少，所以很沮喪。

「你要知道，沒有丈夫的家庭是不幸的，沒有父親的孩子是不完整的。」李傑說完，頭也不回地走開了。

走出小飯店已經下午了，李傑肚子餓得咕咕叫。他沒有想到這件事情是這麼的麻煩，雖然又累又餓，但是他必須走一趟。

「出國之前竟然給自己找了這麼多的麻煩，累得自己連飯都吃不上！」李傑想到這裏，不由得覺得自己真是倒楣，但這也是沒有辦法的事，誰讓自己心軟，誰讓自己愛管閒事呢？

第十劑

兩隻右腳

「手術不能做了！」李傑分別用英語和德語說道。

「為什麼？」助手問道。

在場的人雖然多是本地人，但是會說英語與德語的人也不少。

李傑沒有回答。他放下手術刀，然後走到器械台旁邊，

掀開一塊白布說道，「你們自己看。」

白布下面是一隻斷腳，血肉模糊，好不恐怖。

這隻沒有經過清理的遠遠不如那隻已經清理過的好看。

眾人一開始沒有明白過來怎麼回事，

還是助手先發現了異常，他驚訝地叫道：

「哦，我的上帝，這個人竟然長了兩隻右腳！」

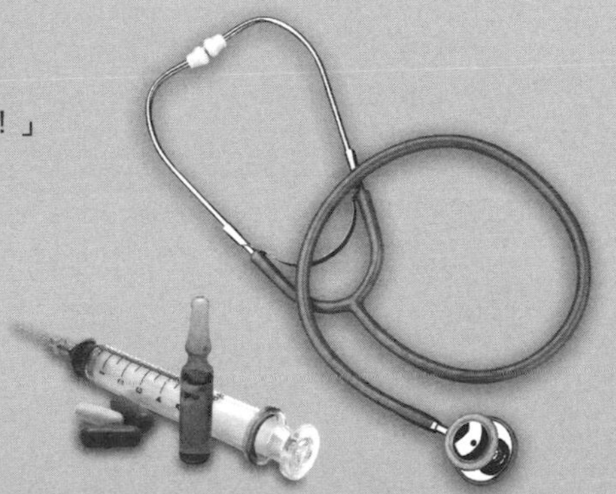

第一醫院的院長辦公室裏，脾氣暴躁的老頭子院長近日來心情很是不好。當了二十幾年的院長的他，從來也沒有碰過這樣的事情。

前一陣子，不知道什麼地方冒出來一個毛頭小子，把醫院攪和得烏煙瘴氣。他不但拐跑了胡澈與江海洋兩位醫生，而且還在市裏開了個大藥房，外加醫生坐診。

便宜的藥價以及胡澈的醫術很快就吸引了大批的患者，雖然去看病的都是一些小病，但這些患者本來應該屬於自己醫院的患者。

看著患者的流失，他不能不著急，於是，他制訂了一個計畫，他要讓全市的人都知道，小診所不是能與大醫院比的，即使醫生的醫術高明也不行。

院長的計畫就是做腎臟移植手術，只要手術成功，必定能夠在城市造成轟動效應，隨之而來的將是大量患者的回歸，同時也是大量金錢的回歸。

在他感覺即將見到黎明的時候，煩心事又來了，手下報告說患者竟然跑掉了。在對手下發了一通脾氣以後，他派出了大量的人員去找那個患者。

此刻，他正氣呼呼地躲在辦公室裏抽煙，可是，沒有等他安靜一會兒，門外又傳來了一陣敲門聲。

「難道這麼快就找到了？手下這幫廢物什麼時候這麼有效率了？」院長將煙頭掐滅，整了整衣領，喊道：「進來！」

「你是誰？」院長發現進來的人自己竟然不認識。

「我是C市紅星醫院的院長。」

「我知道你，沒有想到你這麼年輕，有什麼事你就說吧。」

紅星醫院的事情在全省的醫療界都是有名的，雖然他能力不錯，又是院長，但是暴脾氣院長並不怎麼理睬李傑，原因很簡單，民眾或許都很喜歡李傑，但是醫療系統裏沒有人喜歡李傑這樣的人物，甚至大家都在防範著他。

李傑在這些人眼中就是一個危險的傢伙，是一個來破壞他們幸福平靜的生活的傢伙。

「我要跟你們合作這個腎臟移植手術！」李傑淡淡地說道。

「這不可能，憑什麼你要來分一杯羹？」暴脾氣院長近乎嚎叫道。

「原因很簡單，我知道你們的內幕。你們沒有經過家屬的同意，也沒有經過醫學倫理協會的同意，私自換腎。你們將王飛妻子的腎臟移植給另一個病人，然後將另一個病人妹妹的腎臟移植給王飛。我說得對麼？」李傑冷冷地說道，話語中充滿了威脅的意味。

暴脾氣院長那褶皺的臉上已經佈滿了汗珠，李傑說得不錯，他的確是這麼打算的，畢竟這裏是一個小醫院，腎源實在是太稀少了。

這也是沒有辦法的辦法，不做這個腎臟手術，他拿什麼來拯救自己的這個醫院？這幾個月，醫院被益生藥房壓制得太慘了，醫院的業績直線下滑。

「醫學倫理協會不會同意你這麼做的，即使雙方家屬同意也不行。這種事在外國是有先例的，這麼做只會促進器官的倒賣。」

「你欺人太甚了，我不能這麼無緣無故地把這個手術讓給你，大不了一拍兩散！誰都別做。」暴脾氣院長怒吼道。他覺得李傑實在是過分，用這件事情來要脅他。

「你先別生氣，你誤會我的意思了。我的意思是，我來尋找腎源，然後我們共同完成這個手術，名字還是記在你們醫院的名下，我們紅星醫院不過是一個輔助而已。」

「真的？你會這麼好心？」暴脾氣院長一臉不信地問道。

生活經驗告訴他，這樣的好事通常不會輪到自己。

「這不是好心不好心，這是醫生的職責，我總不能見死不救吧！另外，我也希望我們以後能多多地合作，您是前輩，以後要多多地提攜一下我。」

暴脾氣院長聽到李傑的話，終於露出了笑臉。這幾天都是壞消息，這回毫無理由的餡餅掉到自己嘴裏，他終於感覺到平衡，感覺到安心了。

李傑並不打算把他逼得太急，益生還不能在L市取代第一醫院的地位，也許日後可以，但是現在卻不行，而且益生想發展也不能幹惡性競爭的勾當，如果逼得太急，恐怕這個院長又會想很多歪點子，弄出一些坑害患者的事。

至於腎源，李傑不著急，他打算求中華醫科研修院幫忙想辦法，那裏的腎源比較多。不過，這也要走走門路，畢竟人家也不會無緣無故地將腎臟捐獻出來。

李傑就這樣忙活了一天，這一天他算是見識到了什麼叫做家家有本難念的經，王飛家裏一本，L市第一醫院院長也有一本，自己這裏也算是一本。

不過，再怎麼難也要走下去，也要勇敢地面對命運，享受命運，享受人生中的酸甜苦辣等各般滋味。

李傑在解決了腎臟的問題以後，僅僅在家待了幾天就出國了。臨走的時候，他跟江海洋這個未來的姐夫談了很多，他是一個好人，李傑很放心姐姐嫁給他。

另外，資金的問題也解決了，紅星醫院的運轉一切正常，李傑放心地將這個醫院交給韓磊來管理。

從C市的飛機場上了飛機以後，雖然過了並不短的時間才到國外目的地，但比起二十幾個小時的火車，這不過是小意思而已。

飛機的首站是英達利的首都洛姆。行程都是安德魯安排的，李傑並沒有多問，因爲他完全信任安德魯。

同行的除了安德魯，還有夏宇，他爲了做心臟手術也出國了。國外有更好的設備和藥品，做手術比國內的成功率要大很多。

夏宇跟著李傑一起來還算是正常，但是于若然也一起過來卻是李傑看不懂的了。于若然本來也不想一起出來的，但是安德魯卻堅持著要讓她來見識一下。

大胖子安德魯有自己的想法，他十分欣賞于若然，他覺得這個女孩就是一個天才，當然是當助手方面的天才，她天生就有著一種能力，完美地配合別人的能力。安德魯很想讓于若然當自己的助手，有這樣的一個助手，日後工作起來要簡單得多。

美麗的阿平寧半島上最大的城市洛姆，這裏對於李傑來說並不感覺陌生。歷史名城無論在這個時代，還是在他作爲李文育的時候都是差不多的樣子。

在李傑的印象裏，這裏的醫療技術算是一般，這個國家聞名於世的是她的時尙與奢侈，並不是她的各種科學技術。

下了飛機，李傑變成了苦力。一個女孩子于若然、一個病患夏宇，還有一個懶惰的死胖子安德魯，這些人都不會提行李，所以李傑只好當苦力了。

剛剛下飛機，安德魯就打了一個電話，他說的是英達利語，李傑一句也沒有聽懂，只是拿著行李傻傻地站著。

「走了，一會兒有車來接我們。」安德魯掛了電話說道。

「我們什麼時候去醫院？」夏宇著急地問道。他恨不得馬上做手術，讓自己變成一個健康的人。

「不要著急，我們馬上去醫院，等一會兒有人來接我們。先安排個住處，就去！」安德魯說道。

安德魯這個胖子一向講究奢侈舒適的生活，無論到了什麼地方都是選擇最好的地方吃住。不過，他這次的表現卻讓李傑感到意外，按照他的猜測，這個胖子應該會休息一段時間，然後才會去醫院或者藥物研究室。

同時，李傑想不明白的就是夏宇的手術怎麼會選擇在洛姆的醫院？要知道，這裏的醫院並不是世界頂尖的醫院。

站在機場無聊地等了一會兒，車終於來了。好像對方不知道李傑他們人很多東西也很多，竟然只開了一輛賓士過來。

李傑將包裹都丟在後車箱，就發現這輛車實在太小了。安德魯那麼胖，肯定不能坐在後面，前排成了他唯一的選擇。

可憐的李傑跟夏宇還有于若然三個人則坐在了後面，李傑坐在靠左側的座位上，于若然則坐在右側的座位上。

于若然一路上一直都不說話，而且好像有意躲著李傑一般。李傑也不知道是爲什麼，也懶得問。

來到這個世界上，李傑發現他再也無法遊戲在與女人的感情之間了，也許是因爲他變得遲鈍了，也許是因爲這個世界碰到的女人與以前不相同吧。

美麗的洛姆城讓第一次來到這裏的夏宇看花了眼睛，這裏燦爛的文化與美麗的建築讓人驚歎。

同樣是第一次到來的于若然卻無心欣賞美景，她一直很沉默，心裏亂亂的，她並不想當安德魯的助手，但是卻不知道爲什麼，竟然跟著他上了飛機，一直來到歐洲，來到洛姆。

車穩穩地停在了一棟古老卻又不乏現代氣息的建築物前，這是一家旅店，根據安德魯的習慣，應該是一家豪華的酒店。

下了車，李傑發現自己不用做什麼，司機幫他拿著大大小小的包裹上了樓。進飯店後，他發現這裏比他想像的還要奢華，在這裏彷彿置身於夢幻之中。富貴如宮廷一般的設計讓人覺得自己成爲了帝王。

「安德魯果然會享受，不過，這次有點太誇張了，這樣的地方就算是有錢恐怕也難承擔得起。」李傑心中暗想。

安德魯似乎不是第一次來到這裏，對於這裏的佈局，他是輕車熟路。他上了樓就直接向房間走去，看來他已經訂好了房間。李傑、夏宇和于若然靜靜地跟在他的身後。

李傑還好，夏宇和于若然從來也沒有見到過如此奢華的地方，就算是在電視中，這樣的場景也不多見，此刻連走路都是小心翼翼的，彷彿怕破壞了這裏的東西一般。

每人一間房，雖然安德魯一直很大方很奢侈，李傑卻覺得他這次有些過頭了。像他們住這樣皇宮一樣的房間，每天上千美元的租金是少不了的。

「安德魯，我想我們可以住便宜點的房間，這樣是不是太奢侈了！」李傑對安德魯說道，虧欠別人太多總是使她於心不安。

「放心地住吧，不要爲錢擔心，有人替我們買單。」安德魯得意地說道。

李傑沒有多問，安德魯既然這麼說了，那麼就肯定是真的，李傑也不去操心，默默地將自己的東西搬進房間。

他因爲在飛機上睡多了，所以一點也不覺得累，也不睏倦。在電視機前無聊地轉著頻道，他終於受不了了。

因爲拍攝技術的限制，這個時代的電視並不好看，雖然演員的演技很不錯。李傑無聊地扔掉了遙控器，走出房門，他打算去找安德魯。

此時的安德魯正在看著電視，李傑剛剛走進屋裏，就聽到了那嘈雜的吶喊聲。這樣昂貴的房間，室內的音響都是很好的，看電視的時候有種身臨其境的感覺。

此刻，李傑覺得自己彷彿置身於足球場上，他不禁心想，安德魯這個胖子竟然也熱愛運動，喜歡看足球。

不過，當他看到安德魯的時候，他失望極了。這個死胖子竟然倒在沙發裏睡著了，這麼嘈雜的環境下，他也能睡著，這也算是一種特別的能力了。

李傑看著熟睡的胖子，搖了搖頭。這麼睡著了肯定很難受，於是，他決定關上電視，叫這個胖子上床睡。

李傑手剛剛伸出去，突然聽到安德魯大叫道：「住手，別動，誰進球了？」

「你那麼緊張幹什麼？誰也沒有進球。還是零比零，沒有想到你還算是球迷。」李傑被他嚇了一跳，吸了一口氣，沒好氣地說道。

「我是球迷，但我不喜歡足球，我喜歡的是高爾夫球。」

「那你為什麼看足球？」

「別說這些了，你是不是很無聊？我帶你出去轉轉！」安德魯有些邪惡地笑道。

安德魯也不告訴李傑去哪裏，只是開著白天那輛從機場接他們來的賓士飛速行駛著。

洛姆的夜是由霓虹與美酒組成的，這充滿誘惑的夜晚讓李傑想起了以前的生活。

正在他沉思的時候，安德魯突然停下了車對李傑說道：「下車了。就是這裏。」

李傑向窗外望去，這裏看樣子應該是富人區。

秀麗的風景與成排的別墅，以及各種名車，這些都說明沒有錢是肯定不能住在這裏的。

打開車門，李傑問道：「這裏是什麼地方？」

「別多說話，跟我來。」

李傑跟在安德魯的後面來到一幢豪華別墅前，看了一眼門牌，上面是一個熟悉的名字，一個足球巨星的名字R．隆多。

李傑雖然不是球迷，卻也聽過這個巨星的名字，不過，他所知道的更多是負面的新聞，與酗酒、賭博、毒品等等有關。

「我們來這裏做什麼？難道你是他的朋友？你要知道，你的朋友不一定會喜歡我，所以我還是回去的好。」李傑快步地追上走在前面的安德魯說道。

「等等，你要知道，你才是這次的主角，他病了，你應該發揚你醫生的精神，對每一個病患負責！」

「他不是我的病人。」

「病人就是病人，不應該說是哪個醫生的。另外，我們住的酒店都是人家提供的，汽車也是，如果你不想爲他看病，我們兩個只能走回去了，而且還要露宿街頭。」

李傑被安德魯頂撞得沒有話說，只能乖乖跟著安德魯一起去看看這個足壇的超級巨星。

他與李傑在電視上看到的樣子相差很大，大腹便便，好像懷孕了幾個月的孕婦一般，李傑無法想像這樣的人是一個百米速度在十點五秒左右的傢伙。

「安德魯醫生，沒想到你竟然這麼快就來了。」一位五十多歲的外國大叔與安德魯打招呼道。

這個五十多歲的大叔是R．隆多的私人醫生，在圈子裏很有名氣，但是李傑卻不認識他，甚至不知道他的有名。

R．隆多滿臉煩惱的樣子，甚至安德魯對他打招呼，他也只是點了點頭。

「他情緒很差，只能靠你了，保羅先生在哪裏？」中年大叔醫生問道。他說的保羅就是「生命之星」的首席外科醫生。

「保羅沒有來，不過我給你帶來了一個並不比保羅差勁的醫生，來自中國的李傑！」安德魯說道，將李傑推向前面。

李傑還沒反應過來，差點被安德魯推了一個跟頭。李傑不知道安德魯為什麼如此推崇自己，保羅是世界上頂尖的外科醫生，李傑自問實力比他還要差一個檔次。不僅僅是李傑自己這麼認為，R．隆多的私人醫生也是這麼想的。他看了看李傑，皺著眉頭對安德魯說道：「你是在開玩笑吧，他或許是一個天才，但是這麼年輕應該是剛剛從醫學院畢業的。」

「你要相信我。我從來不說謊，也從來不冒險，讓他來看看R．隆多的傷勢吧！」

「你聽著，安德魯，他的合同價值上百萬美元。如果他因為傷勢丟掉了大合同，我就完蛋了。這不是開玩笑，叫保羅過來。」中年大叔醫生對著安德魯怒道。

他們兩個人一直在說德語，R．隆多聽不懂，但是李傑卻聽得清清楚楚。他自問比不上保羅的外科手術技術，但是對於治療這個肥胖症的R．隆多卻是有信心的。

「你要知道，這個世界上不僅僅是保羅會看病！」李傑對中年大叔醫生淡淡地說道，然

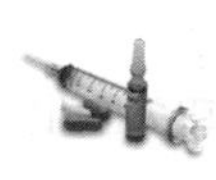

後彎腰對R．隆多用葡萄牙語說道：「讓我看看你的傷。」

「膝蓋。我的膝蓋受傷了，我只需要一個手術，而不是檢查。」他脾氣暴躁彷彿吃了火藥一般地說。

「他的確只需要一個手術，而且最好是保羅醫生的手術。」中年大叔醫生說道。

「他更需要的是減肥，他的脂肪分佈有問題，並非均勻的分佈。似乎不能抽脂。除了手術他還需要減肥，他的體重以及他超人的爆發力將他的膝蓋壓垮了。如果繼續讓他這麼下去，他永遠是一個『玻璃人』，一碰就碎。」李傑淡淡地說道。

「你說得似乎很正確，但是我不能讓R．隆多來冒險。」中年大叔醫生對李傑說道，然後又轉頭對安德魯說：「叫保羅來吧，你承諾過的。」

「我的確承諾過，不過我說的是我會帶來一個和保羅一樣厲害的醫生，而不是保羅本人。如果不信，你可以看看他以前的手術。Bentall這樣的手術他都能完成。」

「那是心臟手術，這只能說明他精通心胸外科，並不能證明他可以爲R．隆多做手術。

「保羅也是一樣……」

「不管怎麼樣，必須要保羅來做這個手術！」

……

李傑在回去的路上，頭腦中還不斷地迴響著那個中年大叔的咆哮聲，他那憤怒的樣子好像老婆被人調戲了一般。不過也不能怪他，這都是安德魯的錯，這個胖子先欺騙人家，同時也欺騙了李傑。

「我們怎麼辦？我可是儘量幫你了，不過，這位大明星似乎不想讓我給他做手術！」李傑無奈地說道。

「放心，除了你，沒有人會給他做這個手術。」安德魯一臉壞笑道。

「爲什麼？歐洲好的外科醫生多如牛毛，他的手術也不是很難吧！」李傑驚訝道。

「手術不難，但痊癒卻不容易，現在幾乎所有人都知道他的膝蓋是『玻璃做的』。今天做完手術，恐怕明天就會壞掉。他可是大明星，誰也不想破壞自己的聲譽不是？」

「那你也沒有必要找我吧，再說了，他的死活關我什麼事？」李傑不在乎地說道。

「當然關你的事，你可知道我押了重注在他們球隊身上，如果不能奪冠，我可就虧死了！另外，他的經紀人爲他的腿買了五十萬美元的保險。如果他好不了，那個保險公司也虧死了，你不知道那個保險公司的經理可是我的好兄弟……」

「行了，你別說了，我都知道你下一句話要說什麼了！這次上了你的賊船，我認命了，這個問題我應該能解決。」李傑沒好氣地說道，接著他又想起了什麼，又對安德魯說道：

「你要保證下不為例，夏宇的手術以及我的那個新藥不能等了。我會把這個『玻璃人』變成鋼鐵戰士，但你也要保證我的要求。」

「放心，放心，我們現在就去醫院，找個機會露露臉，讓那個笨蛋醫生看看你李傑的功夫。」安德魯說著，一腳將油門踩到底，汽車迅速消失在夜色中。

寧靜的夜晚裏，交通也沒有白天那麼擁堵，瘋狂的年輕人們有時會出來飆車。那種風馳電掣的速度與無限接近死亡的感覺讓他們迷戀不已。

總是有些飆車的傢伙尖叫著從後面超車，安德魯雖然惱火但也沒有辦法。他們的車太差勁了，再說他也不會為了這麼點小事冒險飆車。鬱悶不已的他只能在一旁不斷地咒罵著。

夜裏的車本來就不多，而且交警也很少，很多路面上甚至看不到一個員警的影子。這也使得飆車一族根本不顧紅綠燈橫衝直撞。

在一個很普通的距離醫院不遠處的十字路口，他們發現了一起交通事故。這裏並不是什麼繁忙的街道，車輛也很少，因此，熟悉路線的飆車一族很喜歡走這裏，也可能是因為安德魯的烏鴉嘴，一輛滿載乘客的雙層巴士，按交通規則過馬路的時候，竟然被飛速行駛的飆車黨直接撞上了。

李傑與安德魯目睹了這一切。他們看到了巴士被撞翻，看到那飆車黨以一百六十以上的速度走向死亡。

「這不是真的吧？」安德魯張開大嘴驚訝道。

「快打電話叫救護車。」李傑說道。經過李傑的提醒，安德魯才手忙腳亂去打電話，而李傑則是跑上前去看看有沒有人需要急救。

大巴上的人很多，在被高速的汽車撞擊了以後，大巴嚴重變形，車內的大多數人嚴重受傷，一些傷勢較輕的人已經跑了出來，多數人被困在車裏動彈不得。

現在最重要的就是把人從車裏救出來，雖然現在沒事，但是誰也不能保證這輛車一會兒不會爆炸。

汽車的油箱已經破了，只要一個火花，恐怕這輛車裏的人就全完蛋了。李傑砸開大巴車窗的玻璃，車內的乘客們驚慌失措地叫嚷著，爭先恐後地逃出來。

在李傑看來，救護車總是比警車來得快，警車通常都是等犯罪分子跑掉才會來，而救護車一般都會在人死掉之前來。因爲死掉的人不需要救護車，車如果來晚了也是白來，根本收不到錢。

在李傑感歎救護車來得快時，他發現又來了一輛救護車，這些救護車分屬不同的醫院。

然後李傑就見到了讓他驚訝的一幕，這些傢伙竟然開始搶病人。病人也很配合他們，一個個呼天喊地奔向救護車，然後救護車拉著這群病人呼嘯著離開。

李傑看得驚呆了，這群能跑能跳的病人竟然把寶貴的救護車資源給占了，而那些昏迷的則被留在了這裏，只能等下一批救援。

作爲常識，醫生應該知道，車禍時應該先考慮病人的頭部損傷和那些造成嚴重失血的損傷。這群能跑能跳的肯定沒有事，起碼比起那些昏迷的情況要好得多。

「這裏的醫院比國內還黑暗啊！專門挑好處理的病人，竟然把這爛攤子丟在這裏。」李傑一邊罵著一邊繼續救人。

「走了，這裏留給其他人吧！我們有更重要的事情要幹。」安德魯不知道從哪裏突然冒出來對李傑說道。

「去哪裏？」

「去醫院啊，你是醫生，這裏留給實習醫生處理吧，現在需要你這樣的主刀醫生。」

當李傑跟安德魯到達醫院的時候，整個醫院亂成了一團。李傑感覺頭腦亂糟糟的，本來英達利語他就聽不懂，現在嘈雜的環境讓他感覺頭腦發脹。

醫院共有四個手術台，但是現在卻都是空著的，醫生們都很大牌，雖然院方在第一時間就通知了他們，但是到現在也沒有來一個人。

醫院雖然亂糟糟的到處都是人，但是對安德魯卻沒有什麼影響，他肥胖的身體在此時發揮了巨大的作用，李傑小心地跟在他的後面一直向樓上走去。

醫院院長此刻如熱鍋上的螞蟻。他接到電話的時候，抓起衣服就跑了過來。在他的心目中，醫院就是他的第二生命，是他的孩子，發生這麼嚴重的事情，他如果不能處理好這事，恐怕以後會造成很不好的影響。

他是院長，也是一個醫生，不過他卻是一個腫瘤學專家，否則他早已經披上白大褂上手術台了。

「你們慢點，先輸血，儘量保住病人的性命！」院長高聲指揮著年輕的醫生們。他滿頭大汗，心裏焦急萬分，這次如果死的人多，恐怕他院長的位置就難保了。

突然他看到兩個人，一個巨大的胖子，是他認識的，另一個是黑髮的醫生。他不禁心中嘀咕：「醫院什麼時候有過黑髮的醫生？難道是最近實習生太多，新來的人？」

「你們兩個站住！」黑髮的醫生正是李傑，安德魯趁亂幫李傑找了一身白大褂。他們剛剛穿上出來，就聽見有人叫。

「嘿，科蒂好久不見！」安德魯一個熊抱，巨大的力量差點讓乾瘦的老頭院長窒息。

「放開我，你這個笨蛋，保羅來了沒有？快叫他來幫忙，這裏需要人手！」院長科蒂問道。

「我正是來幫忙的！」安德魯說著，將李傑推到前台，介紹道：「這位是來自中國的醫生李傑。保羅之後最好的外科醫生！」

「你確定？」科蒂看著李傑年輕的臉問道。

「當然，你不相信我麼？」

科蒂對安德魯是十分信任的，如果是以前，安德魯說的話他絕對不會懷疑，但是這次他不得不斟酌一番。

李傑這個來自神秘的東方國度的醫生，他完全不瞭解，在他的眼裏，中國還是一個原始落後的國家，甚至是一個用巫術治病的國家。

「你不信就算了，我們走了！他過幾天還要給R．隆多治療膝蓋。李傑醫生在東方可是赫赫有名的，他時間寶貴得很。」

「等等，幫幫忙，醫院很需要你！」科蒂終於服軟道。

李傑感覺自己跟一個局外人一樣，安德魯跟這位乾瘦的老頭說什麼，他一點也聽不懂，但是很快安德魯就告訴他準備手術。

其實，在來的路上，李傑還不知道怎麼去醫院展現一下身手。每個國家都應該有自己的規定，李傑在國內的行醫資格證在這個國家肯定不能用。

如何行醫成了難題，但是沒有想到的是路上碰到車禍，他也就稀裏糊塗地參與了手術救援。

李傑穿衣消毒，雙手合十走進了手術室。一切都是那麼熟悉，只是地點與人物都不一樣了。

無論國內國外，手術綜合條件差距都不大，雖然國外手術室的設備先進一點，但這不是決定性的。治病救人看的不是設備，最主要看的還是醫術。

手術室的全體人員都準備好了，他們已經被告知，主刀醫生將是一個來自東方的醫生，雖然大家都有心理準備，但是當第一眼看到李傑的時候，也不免感覺到好奇。

他們覺得這個醫生身上充滿了東方的神秘感，而後發生的事情，也證實了他們的想法。李傑的身上的確有很多他們不知道的東西。

手術第一步就是清創，徹底細緻的清創是防止斷肢再植感染的關鍵。為爭取儘快恢復斷肢離斷部分的血液循環和減少再植後感染，清創一般分兩步進行，第一步是先將肉眼所能看到的污染和失去活力的組織切除，並立即修復血管。血液循環恢復後，再進行第二步的徹底清創，即將斷肢殘端徹底清洗。皮膚消毒後，切除創面已壞死的和失去活力的組織，醫生此時應特別注意血管、神經、肌肉的清創，並將其分別做好標記。

清創並不是很難，但是李傑卻讓這個手術室的助手們見識到了什麼叫做熟練，什麼叫做簡單平凡的技術中看到實力。

助手將斷肢殘端徹底清洗，然後又將皮膚徹底消毒後，李傑用手術刀切除創面已壞死的和失去活力的組織。整個動作迅捷準確，沒有多傷害一分健康的組織，同時也將血管、神經、肌肉的清創，迅速做好標記，以便於以後斷肢的吻合。

「加大輸血量！保持血壓穩定，準備好斷肢！」李傑用英語說道，沒等他說完，助手已經準備好了斷肢。

病人應該是車禍時汽車受到擠壓，導致病人雙腿被擠壓斷裂。

「真是可憐的人！」李傑心中想道。

在替病人祈禱了一番後，李傑準備手術，手術刀握在手中卻怎麼也落不下去。

手術室裏的人都在看著李傑，不知道這個神秘的東方醫生在搞什麼鬼。剛才李傑的手術讓所有人都覺得他技術很好，即使在英達利也能排頂尖級別。

「手術不能做了！」李傑分別用英語和德語說道。

「爲什麼？」助手問道。在場的人雖然多是本地人，但是會說英語與德語的人也不少。

李傑沒有回答。他放下手術刀，然後走到器械台旁邊，掀開一塊白布說道：「你們自己看。」

白布下面是一隻斷腳，血肉模糊，好不恐怖。這隻沒有經過清理的遠遠不如那隻已經清理過的好看。

眾人一開始沒有明白過來怎麼回事，還是助手先發現了異常，他驚訝地叫道：「哦，我的上帝，這個人竟然長了兩隻右腳！」

大家這才明白，混亂中竟然弄錯了，不知道誰把兩隻斷掉的右腳都拿了過來。有一個人去找傷者的左腳，然後再找到這隻右腳的主人。

「手術繼續吧！」李傑說道。

「可是這兩隻腳這麼像，怎麼能知道哪隻是他的啊？」

在這個時候，有人急匆匆地跑進手術室，大聲地說道：「你們這裏是不是多了一隻右腳？我們那兒多了一隻左腳！」

「是多了一隻右腳，可是我們分辨不出來，哪隻是傷者的！」助手說道。

「實驗室檢查吧！」剛剛闖進來的人說道，「他們斷裂的位置都差不多，很難看出來，弄錯了會死人的！」

「不用檢查，手術繼續，我已經知道了！」李傑自信地說道。

「這一定是古老而神秘的東方魔法！」手術台的助手不禁驚呼道。他不敢相信自己的眼睛，這個東方少年完全超出了他的想像。

他不知道兩隻幾乎一模一樣的雙腳是如何區分的，要知道，創面可是完全被損壞了，憑藉創傷面是不可能分辨的。

當然，這是助手的想法，李傑開始也是這麼覺得，可是就在他認爲應該送到實驗室做分辨檢查的時候，他才發現，即使被完全損壞的創面也是有跡可循的。

人體的血管、神經的分佈位置雖然差不多，但畢竟每個人都是獨一無二的，世界上沒有相同的兩片樹葉，也沒有相同的兩個人。

李傑憑藉著過人的眼力以及對人體的熟悉，最終分辨出了哪一隻才是患者的腳。當然這也有運氣的成分，李傑也不認爲自己下次遇上類似情況還能分辨出來。

要知道這是很難的，否則，美國的海軍陸戰隊員也不用害怕戰爭使自己的肢體丟失而紋身做標記了。

「準備斷骨！」中國醫生的驚奇遠遠沒有結束，在手術繼續進行了幾分鐘以後，他再次下達了命令。

「斷骨？」

「沒錯，這個患者軟組織缺損和短縮太嚴重了，必須按照軟組織缺損和短縮的程度，適當縮短骨骼，才能進行血管、神經、肌肉的修復。準備三釐米左右吧！」

助手搖了搖頭，手術台上主刀醫生的話必須聽從，他從來沒有聽說過需要鋸斷骨頭的說法。手術台上的是活人，不是屍體，他鋸過屍體，鋸活人還是第一次。

斷肢再植並不是簡單地縫合就算了，人的肢體有豐富的血管和肌肉，這些修復起來都是很費時間的。

李傑以手術聞名於醫療界，他的刀快速、穩健。一般他都是在切割，修復的工作他倒是很少做，但是這不代表他不擅長。

首先修復的是血管。傷者的傷勢很嚴重，大量的出血使他的血壓降得很低，光是找血管就費了很大的力氣。

修復血管前，應該先將深部的肌肉和其他組織修復平整，這樣可使血管吻合處不會直接接觸骨質，從而減少因血管痙攣而導致血管栓塞的機會。

李傑的每一步都如教科書一般規範，即使在這樣慌亂的情況下，也沒有一絲一毫的錯誤。

時間一分一秒地過去了，緊張的搶救工作已經進行了一個小時十五分鐘，卻猶如過了幾個小時一般。

當血管修復完畢以後，助手打開了血管鉗，使血液暢通，恢復傷肢的血液循環。李傑已經儘量地修復血管，以減少再植後傷肢的腫脹和感染的機會。

他緊張地觀察著傷肢，血管恢復通暢一分鐘後，斷肢離斷部分的肌肉組織由蒼白變紅潤、皮下靜脈充盈、毛細血管充血、肢體溫度漸漸回升。

「成功了！」助手興奮地叫道。

斷肢血液循環恢復後，要縫合神經，考驗的就是主刀醫生的縫合能力了，神經雖然脆弱而且纖細，但是對於李傑來說，這還不算什麼，比起嬰兒的血管，這還是很簡單的。

神經恢復固然重要，接下來更重要的是傷者肌肉的恢復。這是傷者以後能否自由活動的關鍵所在。

李傑選擇的方法是，按解剖位置分別用絲線做「8」字形縫合，縫合由深層向淺層依次進行。

縫合看起來似乎很簡單，其實其中學問很深，縫得過密或過緊，會影響血液供應或壓迫深部血管，太鬆了癒合又不好，同時還應注意肢體的形態和功能。

手術室中的很多人都不明白爲什麼李傑在修復肌肉的時候如此認真，誰都知道這個傷者的腳斷了，雖然盡力做了修補，但畢竟人不是神，不可能完全恢復傷者的行動能力。

李傑當然也明白這個道理，他不過是在盡自己的責任，同時也是最大限度地幫這個可憐的傷者恢復行動力而已。

日後這個傷者的恢復也證明了李傑的正確性，比起其他的傷者來說，他要幸運得多。同樣是斷肢再植的人，他卻可以靈活地走路，甚至能跑能跳，跟一個正常人一般。

當手術完結的時候，李傑身上都是傷者的血液，不過，此刻他已經顧慮不了這麼多了，更多的傷者等著他。

車禍現場的傷患已經全部都被送來了。

他們毫無疑問地都被送到了最近的綜合醫院，也就是李傑正在做手術的醫院。

原本安靜的醫院此刻充滿了哭喊聲、呻吟聲。傷者、家屬與醫生忙成一團。這個醫院的醫生陸陸續續也趕到了，他們一個個面帶睏倦，很不情願。

「科蒂，你們醫院的醫生真差勁！」安德魯看到這樣的情景挖苦道。

乾瘦的院長也在為此而惱怒，雖然他早就知道自己手下的醫生沒有什麼好的，但是被安德魯這麼笑話，他也覺得臉上有些掛不住。

「不知道你那個中國醫生怎麼樣了？別鬧出什麼亂子才好。」

「放心放心，他可不是你手下的那群庸醫。科蒂，你這醫院應該改革了，再這麼下去，說不定你這第一醫院保不住了。」

「呸，你這烏鴉嘴，不會說好聽的麼？你還是應該擔心一下你的小兄弟。如果他手術出了差錯，可是也要負責的。」

院長科蒂為了節約成本，並沒有準備那麼多的手術人員，雖然名義上他有四個手術室，可以同時進行四台手術，但醫院很少連續進行兩台以上的手術。

所以這次真實的情況就是，手術時的隊伍都是臨時拼湊起來的，根本就不符合標準。李傑很倒楣地碰到了這麼一支隊伍。

他的幫手們都不是什麼熟練工，剛剛斷肢再植的時候影響還不是很大，幾乎所有的活都是李傑一個人來幹，可是接下來的這個手術就不一樣了。

李傑僅僅用了五十分鐘就完成了斷肢再植，其他人還來不及驚歎，下一台手術就開始了。這群人本來就不是經常上手術台的，有幾個甚至是實習生。面對著主刀醫生李傑這幾乎可以算得上世界記錄的速度，很是吃不消。

「下一個傷者！」李傑沒有休息，只是重新做了一次消毒，再次開始了手術。

「病人膝蓋擠壓破碎，脊柱骨骨折，顱內出血……」送這位可憐病人來的護士不停地說著。

「膝蓋破碎？」李傑聽到這個的時候，心中暗叫了一聲好，正愁找不到展示自己的機會，這就送來了一個膝蓋破碎的。

「再去找一個腦外科專家來，開顱手術！」李傑命令道，他準備進行膝蓋手術。

在李傑下達命令的同時，也正好有一個醫生姍姍來遲。出來尋找幫手的護士正好看到了這個醫生。

當護士說明了情況以後，誰知道這個醫生竟然大發雷霆。

「開什麼玩笑，讓我去幫忙？誰在手術室裏，讓他滾出來，那是我的地方！」遲來的醫生吼道。

科蒂本來正在跟安德魯吹噓，說自己這個醫院有多優秀，還信誓旦旦地說眼前的混亂不過是偶然而已。

他還沒有讓安德魯信服，這個遲到的醫生無情地拆穿了科蒂的謊言。科蒂老臉一紅，對安德魯繼續說道：「意外，意外而已！語言障礙。」

科蒂說完就跑過去，對著那個遲到醫生怒道：「你怎麼搞的？丟人還不夠麼？進去手術室，好好配合裏面那位醫生，如果出了什麼差錯，你就給我滾蛋吧！」

「走就走，我不幹了，你守著這個破醫院吧！」

科蒂眼看著這個醫生走掉了，爲了院長的尊嚴，他沒有阻攔，但是他打心底覺得可惜，這個醫生是他們醫院僅存的碩果之一，這次連他都走了，日後醫院不知道要變成什麼樣子。

「恐怕醫院真的到了要重組的時候了。」想到這裏，科蒂不禁歎了口氣。風光了三十年的綜合醫院，恐怕要走到盡頭了。

此刻醫院最嚴重的傷者就是躺在李傑眼前的這個，傷者脊柱骨折，顱內高壓，膝蓋骨碎裂，身體內部也是一塌糊塗。

明智一點的醫生絕對不會接受這個傷者的。這樣只會讓他的職業生涯多一次失敗。

李傑可不管這些，這個傷者只要沒有死，就有機會救回來。最重要的是，他根本不在乎自己記錄上會不會多出一個死掉的傷者。

「腰穿減壓！」李傑命令道。他此刻手也沒有停止動作，他給病人的腿部打好止血帶，然後準備開腹。

傷者此刻情況不明朗，已經沒有時間去拍片子，看看隱藏在他身體內部的傷口到底是怎麼樣。但是現在這種情況，哪怕耽誤一分鐘都可能是致命的，所以只能靠最簡單的、最古老的方法了。

最簡單的探察方法就是用眼睛與手，用眼睛觀察，用手指去觸摸。這說起來容易，做起來卻是困難得很，這樣的檢查很容易漏掉什麼，所以需要充分的經驗與很大的耐心。

李傑有足夠的經驗和耐心，對於這個傷者他也能對付得了，不過，這個傷者確實沒有足夠的時間來等。

這就需要醫生用最快的速度，集中精力全力以赴地手術，消除每一處致命的傷口，確保這個可憐的傷者能夠活過來。

四台手術同時進行的盛況很久沒有出現過了，大量記者來採訪的情況就更是少了，不過，院長科蒂希望不要出現這樣的情況。

科蒂正愁眉苦臉的時候，他的個人助理小跑著來到他的身邊，在他耳邊說了什麼，然後科蒂立刻跳起來尖叫道：「怎麼不早說！」

「我也是剛剛知道的，好像剛剛進了那個東方人的手術室。」助理說道。

乾瘦的老頭兒此刻懊悔不已，但是現在後悔也沒有什麼用，他必須來補救，於是對助理說道：「去找最好的專家來，不行就從其他的醫院來調。」

「好的，先生。我這就去辦理！」助理說道。

科蒂一屁股坐在沙發上，似乎整個身體的力氣都被抽空了一般。剛才助理告訴他，受傷的人中有一個議員。他是目前執政黨最有前途的政治新星，一顆前途無量的政治新星。如果他死在他們的醫院，那會是一件很麻煩的事情。

最重要的是，給他手術的是一個人，可這樣的傷應該多個醫生聯合手術的，而且主刀醫生是一個東方人，一個不屬於這個醫院的東方人，似乎沒有這個國家的行醫執照。

「安德魯，你害死我了！」科蒂喃喃說道。

手術室的這一邊，李傑正全力以赴地挽救病人的生命，雖然這裏溫度不高，但是他卻滿頭大汗。

「止血鉗、縫線……」

手術室的人實在太差勁了，他們本來就不是什麼合格的人才，再加上這個手術這麼複雜，主刀醫生的速度又是如此的快，李傑必須提醒他們遞給他什麼東西。

「動脈有一處破裂，肝臟有幾處破損，肺部也被劃破了，有一些漏氣……」李傑心中細數著傷者的傷勢，計畫著如何做修復。

因爲傷勢過重，手術必須按照一定的順序，先解除病人致命的原因，然後才能治療其他的地方。

略微思考了一下以後，李傑心中已經有了主意。他決定先解決肝臟的出血問題，止血鉗將通往肝臟的血管完全封堵，然後就是準備將肝臟的破損進行縫合。

破損的地方很多、很雜，李傑都有一種衝動，想將破損比較多的地方切除，然後直接縫合，這樣雖然縫合的面積大，但是速度卻很快。

他經過考慮還是放棄了，雖然傷者肝臟少了一部分也能活下來，但這對他的身體來說還是不好。

這樣的處理，李傑覺得好，但是其他人卻有意見。不知道什麼時候，手術室又進來了一個醫生。

手術帽和口罩完全地遮住了他的臉，看不出他的面容。這是一個很高大粗壯的人。也許是因爲生活過度，他有著一個大大的啤酒肚。

「肝臟應該切除，然後直接縫合，這樣才更有效率！」他說的是英文，是故意說給李傑聽的。

李傑只是看了他一眼，並沒有說話，而是繼續低頭做肝臟的縫合。他已經聞到了這個啤酒肚身上的酒味，對於這樣沒有職業道德的傢伙，李傑是非常厭惡的。

「讓開吧，我來做這個手術！」

「你確定麼？」李傑淡淡地問道。

啤酒肚還沒有答話，一旁的助手卻偷偷地拉李傑的衣袖，小聲對李傑說道：「這個是拉卡尼先生，城裏最有名的外科主任醫師。」

李傑看了他一眼，停下手中的動作，閃到另一邊，準備膝蓋的修復術。

體表損傷的手術不是李傑的長項，雖然他曾經爲一些人做過，術後恢復得也不錯，但是他並沒有百分百的信心做手術。

他本來就沒有打算自己獨立完成這個手術，從一開始，他就要求其他的醫生協助，此刻來了一個，李傑沒有理由不讓位置。

雖然來人喝了酒，但這裏是他們的地盤，說到底，李傑不過是一個外來者，如果不讓他進行手術，發生了什麼爭執，被請出手術室的肯定是他李傑，而不是這個喝了酒的啤酒肚。

李傑即將爲R．隆多做手術，眼前的這個膝蓋修復手術應該算是一次熱身，一次檢驗。

李傑深吸了一口氣，下定了決心，他要盡全力修復傷者的膝蓋。

如果這次不行，他絕對不會爲那個足球明星R·隆多做手術，這是他的原則，李傑從來不會勉強做手術的。

運動員的身體都應該算是一種特例，特別是那種極其優秀的運動員，比如R·隆多那樣的，加上那野獸一般的爆發力，將對他的膝蓋產生壓迫。如果膝蓋的修復手術不能做成功，那麼他將再一次倒下，就如同上一次手術後倒下一樣，這將極大影響李傑的聲譽。

人體應該是這個世界上最神奇的東西，很多外行人覺得當醫生、做手術應該是很簡單的事情，無非打針吃藥，動手術刀切幾下。

其實這裏面的難度之大遠遠超過了一般人的想像，可以試想一下，一個普通的電器壞了，修起來都要費很大力氣。人體任何器官的構造都要超越任何已知的精密電器，而人體又是由很多個器官構成的，所以一個醫生的手術是很難的。

一般的膝蓋修補手術必須事先做很多的準備，可是李傑現在連裏面是什麼情況都不知道，心中更是沒有什麼治療的計畫。

沒有醫學影像學圖片幫忙不要緊，沒有事先的計畫也不要緊，只要打開傷口，就會知道如何來修復。

手術刀在傷者滿是傷痕的皮膚上又添了一道傷口，深度麻醉中的傷者並不能感覺到一絲疼痛。

鮮紅的血液隨著皮膚的破裂汩汩流出，手術刀上卻一丁點血液也沒有，依然是那麼銳利耀眼。

拉卡尼覺得自己喝多了，覺得自己眼睛花了，手術他看過很多，但是從來都沒有看到過下手這麼快的。

手術刀乾淨俐落，在血液流出來之前，刀刃已經劃向了另一處。快速精準的手術刀，一條完美的切口。

如果僅以這一刀來算，拉卡尼覺得眼前這個醫生已經算得上是頂尖的醫生了。不過，比起相信這個東方人的技術來說，他更覺得是自己喝多了，所見到的一切不過是眼花而已……

請續看《醫拯天下》第二輯之七　點石成金

醫拯天下II 之六 起死回生

作者：趙 奪
發行人：陳曉林
出版所：風雲時代出版股份有限公司
地址：105台北市民生東路五段178號7樓之3
風雲書網：http://www.eastbooks.com.tw
官方部落格：http://eastbooks.pixnet.net/blog
Facebook：http://www.facebook.com/h7560949
信箱：h7560949@ms15.hinet.net
郵撥帳號：12043291
服務專線：(02)27560949
傳真專線：(02)27653799
執行主編：劉宇青
美術編輯：吳宗潔

法律顧問：永然法律事務所 李永然律師
北辰著作權事務所 蕭雄淋律師

版權授權：蔡雷平
初版日期：2015年5月
初版二刷：2015年5月20日
ISBN：978-986-352-138-9

總 經 銷：成信文化事業股份有限公司
地　　址：新北市新店區中正路四維巷二弄2號4樓
電　　話：(02)2219-2080

行政院新聞局局版台業字第3595號 營利事業統一編號22759935

定價：280元　　特惠價：199元

國家圖書館出版品預行編目資料

醫拯天下.第二輯/ 趙奪著. -- 初版. -- 台北市：風雲時代，
2015.01- ;　公分

ISBN 978-986-352-138-9 (第6冊：平裝). --

857.7　　103026479